淘寶 黃金手

卷九 十億賭局

羅曉 著

目錄

淘寶
黃金手

第一三一章

何方神聖

這個周宣究竟是何方神聖？
能得上官明月的青睞，又似乎與魏家姐妹有很深的瓜葛，
這個人絕對不是他開始想像的那麼簡單，安臣現在想來，
周宣純粹就是在扮豬吃老虎，故意讓他出糗罷了！

安臣的父親是一名海軍少將，是魏曉晴父親魏海風的下屬，從小跟魏曉晴姐妹這些高級將領子女在大院長大，他訂婚的事，魏家長輩不來，當然得讓她們來了。

說實在的，安臣當然也想從魏家姐妹中選一個，人家的身分可是比他高得多，符合他的心理要求，但魏家姐妹又何曾瞧得起他？

尤其是魏曉雨，這個女人漂亮是漂亮到了極點，但在京城名聲響亮得很，沒有人敢碰敢惹。不說身分背景，就是憑身手，京城這些大少公子就沒有一個能跟她拼的，憐香惜玉這些話簡直就別提了，不被她打得半死就好！

魏曉雨是瞧不起不如她的男人，而魏曉晴雖然溫柔得多，但在感情問題上，同樣也沒有幾個人能入她的眼，安臣雖然想下手，但別人瞧不起他，能有什麼辦法？

以魏家姐妹的身分，安臣即使敢動什麼歪心思，也不敢動手腳！

「曉晴，曉雨，呵呵，你們來了？快請進請進！」安臣趕緊又迎上來，王妮娜和她那些女伴也跟著迎了過來，對魏家姐妹，她們就只有忌妒的份了，嘲笑，她不敢！

魏曉晴和魏曉雨只是淡淡點了點頭，魏曉晴接著說道：「安臣，恭喜你了！」

今天，魏曉雨沒穿軍裝，難得地穿了一套紅色的禮服，魏曉晴則穿了一件淡綠色的禮服，兩姐妹一般的雍容華貴，美麗不可方物！

大廳裏，無數人的眼光頓時都被她們兩姐妹吸引住了，魏曉晴向安臣和王妮娜微微點頭示意了一下，然後拉著姐姐魏曉雨往邊上過去。

只是到了裏邊時，卻見到周宣正盯著自己，倆人都不由得「啊」的一聲呆住了！

魏曉雨也禁不住怔了一下，隨即臉色一白，身子發起顫來！

周宣瞧得清楚，兩姐妹都消瘦多了，以前周宣是認不出兩姐妹的，但上次上過魏曉雨的當後，就特別注意了些，魏曉雨的額頭鬢角邊有一顆極細微的痣，因爲剛好在鬢角，如果不仔細細瞧，那是瞧不出來的。

上官明月是不認識魏家姐妹倆的，這時一見面，倒是被兩人的美貌震驚了一下，但隨即又懷疑起來，周宣不是已經有女朋友了嗎？現在這兩個女孩子瞧著他的樣子可是很有些曖昧，絕不正常！

這是上官明月以一個女孩子特有的敏感所探測到的！

而魏曉晴魏曉雨姐妹也同樣被上官明月的驚人美麗震驚了一下，不過，震驚過後，兩姐妹的表情就各自不同了！

魏曉晴是驚訝和不信，魏曉雨則是氣憤加疑惑！

上官明月對周宣的正牌女友還保持著理性，但對魏家姐妹卻沒有那份理性了，冷冷一笑，伸手故意拉著了周宣，當著魏曉晴姐妹的面拉得緊緊的，分明是示威挑釁！

魏曉晴怔了怔，隨即喘著粗氣問道：「周宣，你……你怎麼會在這兒？」

魏曉雨則是咬牙問著：「周宣，你跟她是什麼關係？你……你對得起……對得起……」本來是想說她們姐妹喜歡他，卻礙於傅盈才忍下來了，周宣與其他女人如此勾搭，如何對得起她們呢？

但這話說了一半卻又說不出口，因爲她們又是周宣什麼人？周宣對不對得起她們有什麼關係？要說對不起，那他也只是對不起傅盈吧？

王妮娜和安臣一見到魏曉晴姐妹進來就跟周宣和上官明月說上話了，隔得遠聽不到說什麼，心裏十分驚訝，難道上官明月和周宣居然還認得魏曉晴姐妹？

安臣心裏又驚又疑，趕緊拉著王妮娜走過來。

周宣在見到魏曉晴姐妹後，心裏就慌了，自己跟上官明月本來沒有任何關係，清清白白的，但現在這個場面讓別人如何能信？

要是換了別人，周宣瞧到這種場面，那他也會不相信！

周宣有些慌亂，上官明月卻是揚了揚下巴，說道：「周宣是我男朋友，你說我們是什麼關係？」

安臣也趕緊介紹著：「曉晴、曉雨，這位是上官明月小姐，你們認識嗎？」

魏曉晴在得到上官明月的親口承認後，一時氣得臉色發白，指著周宣，手指直發顫，胸脯氣得一起一伏的，好一會兒才道：

「我不認識什麼上官下官的，周宣，你要移情別戀的話，對得起，對得起……」說了這幾句話，眼淚終於忍不住落了下來！

安臣一驚，心道：糟了！這個周宣難道是哪個富家後代在裝佯扮戲？越想越有可能。魏曉晴魏曉雨姐妹什麼身分？似乎是魏曉晴也喜歡這個周宣吧，聽剛才的口氣好像是這樣，這一下可是不得了了！

這時，那個諧星在臺上開始說笑起來，訂婚儀式正式開始。安臣本想從魏曉晴姐妹口中套一套口風，此刻卻也沒有機會了，只能拉著王妮娜到臺上去。

王妮娜也有些疑惑，悄悄問安臣：

「安臣，你說這魏家姐妹不是冒充的吧？」

「哪有可能？」安臣只是搖頭，「她們姐妹可是跟我在一個大院過了好幾年的，再說，要冒充也沒有人能冒充得來啊，在京城的上層圈子中，她們的名聲可是最響的！」

王妮娜當然明白，又低聲道：「那個周宣就是在扮豬吃虎了，我就說嘛，上官明月那麼驕傲的一個人，怎麼就會輕易喜歡上一個人？現在看來還真是那麼回事，你看這個身分高得嚇人的魏家小姐都喜歡這個男人，你說他能簡單嗎？只有你這個笨蛋才會這麼傻，居然相信他真是什麼鄉下土包子，還包穀酒呢！」

安臣哼哼道：「還不是你，想要讓上官明月出糗，你也不想一下，上官明月是什麼人？你在她面前就沒占過一次上風，這一次能讓你輕易贏過她嗎？我猜她就是挖了個坑讓你鑽的！」

王妮娜給安臣說得一愣一愣的，又瞧見魏曉晴姐妹倆對周宣那個表情，心裏也沒底，魏家姐妹可不是她想嘲弄就能嘲弄的，人家可是哪一方面都比她好，背景又深厚，如果要對付她，那就是伸伸手指頭的事！

上官明月跟她一樣，無非就是商人後代，有幾個錢罷了，魏曉晴姐妹家族，那才是真正的貴族世家，跟上官明月，她王妮娜還可以鬥一鬥，但跟魏曉晴姐妹倆個人，她就只有站一邊涼快的份兒了！

王妮娜和安臣兩個不明白，上官明月也不知道周宣跟魏曉晴姐妹的底細，但上次見到過傅盈，也知道周宣跟傅盈的關係，心裏就有些酸酸的了！正所謂「得不到的才是最好的！」

上官明月一直都是驕傲地活著，也一直都被眾人捧著寵著過日子，直到遇到周宣這麼一個異類，她的美麗誘惑對於他幾等於無。

周宣夾在中間真是左右爲難，瞧王妮娜和安臣那一夥人的嘴臉，確實也不想在他們面前說出他跟上官明月之間的真正關係，讓上官明月丟臉，反正周宣也不在乎王妮娜這些人以後對他是什麼樣的看法，他以後也不會跟這樣的人打交道，隨便他們怎麼看。

只是魏曉晴顯然太氣憤了，因爲她對周宣愛得那麼深，就是因爲不願意傷害傅盈而退讓忍受，她是個善良的女孩子，也認爲傅盈是個好女孩子，完全配得上周宣，再者，她完全是因爲周宣對傅盈也是愛得那麼堅定不移，所以她才會退讓。

但現在，周宣的行事完全是背叛了傅盈，這讓她如何再忍耐得住？沒想到周宣會做出這種事情來！

而魏曉雨雖然吃驚，但現在卻也不想過分表露出來，雖然她喜歡周宣，但她也知道妹妹曉晴愛周宣愛到了骨子裏，她喜歡周宣的事，妹妹曉晴並不知道，她們姐妹與周宣都不可能有結果，所以她更不想傷害與妹妹的感情。

但這個天殺的周宣，竟然出乎她們所有人的意料，跟這個上官明月好上了？因爲她漂亮還是她有錢？

無論是哪一樣，傅盈都不會輸給這個女人啊！

只是想歸想，疑惑歸疑惑，魏曉晴和魏曉雨眼前看到的卻是事實。

此刻，那個上官明月挑釁地挽著周宣的胳膊，說周宣是她男朋友，而周宣卻沒有任何解釋。通常，一般男人在被抓到劈腿後，都只會撒謊矇混，或者是乾脆不承認，但周宣卻是根本就不解釋，難道他就那麼無所畏懼？或者是不在乎傳盈了？

周宣哪有不頭痛的，瞧了瞧魏曉晴姐妹倆，又瞧了瞧王妮娜和安臣，嘆了一聲，忽然拿了桌上的酒杯，端起來就喝，一口氣連喝了五六杯！

魏曉雨哼了哼，問道：「你是借酒澆愁呢，還是借酒裝瘋掩飾？」

周宣掙脫了上官明月挽著的手，把桌子上倒滿的酒又喝了四五杯，然後說道：「這酒太甜，還真不如我老家的包穀酒啊！」

這話在安臣和王妮娜現在聽來，卻又是另外一種感覺了，彷彿周宣是在嘲諷他們一樣，而且周宣一口氣喝了這麼多紅酒，按理說應該支持不住了。

別看這紅酒又甜又軟，但喝急喝多了，後勁一樣足，一瓶紅酒約有五杯，周宣這一口氣可是幾乎喝了整整兩瓶，這個酒量可不得了！

周宣也感覺到胸口作翻，腦子暈眩，酒勁上頭了！

難受的時候，周宣冰氣自然而然就運轉起來，每轉一圈，酒氣就淡了一分，運轉了四五遍的時候，這酒氣便消失得差不多了！

魏曉晴擔心周宣喝得多了，但見周宣身子晃了一下，隨即眼神又清澈起來，坐直身子，仿如沒喝過酒一般！

本想借酒醉發洩一下，但周宣沒料到自己喝了這麼多酒竟然還不醉，冰氣自動把酒氣消除了！現在周宣發覺到，這冰氣竟有感覺和防禦危險的能力，在危險到來時，冰氣就能自動地把危險解除掉。

又瞧了瞧身邊這三個漂亮的女孩子，各自像鬥雞一樣，雖然沒有動手，但眼神中卻有濃濃的敵意殺氣！

周宣又嘆了一口氣，以前在南方打工的時候，心裏就夢想著有朝一日能發大財，有很多漂亮女孩子圍在身邊，這個夢想倒真是實現了。現在自己發了大財，也有許多漂亮女孩子圍在自己身邊，但卻是煩惱無比啊！原來，有錢有漂亮女人的時候，那煩惱一樣不會消失！

周宣正煩惱著時，手機卻在這個時候響了，拿起來一看，是個陌生電話，沒見過這個號碼，想了想，周宣還是接通了。

對方是個渾厚低沉的男子口音：「是周宣周先生嗎?你好，我是傅遠山！」

「傅遠山？」周宣怔了一下，姓傅的，難道是盈盈在美國的傅家人？但盈盈的親人自己也知道啊，好像是沒有叫這麼個名字的。

「你好，請問有什麼事嗎？」

「呵呵，我想周先生應該是還沒有想起我是誰吧！」傅遠山笑呵呵地道，「我是東城警局的局長。我們剛見過面的，周先生……」

「哦，我想起來了！」周宣恍然大悟，這個傅遠山，就是那個處理妹妹那件事的傅局長！

周宣一想起來，馬上又問道：

「傅局長，找我是……」

傅遠山仍然陪著笑意道：「周先生，實在是不好意思，你們今天這車禍的處理意見和賠償的事情都有個結果了，我想如果周先生方便的話，請周先生來一趟我們分局怎麼樣？」

周宣一怔，確實沒想到傅遠山這麼快就把事情處理好了，這才沒幾個小時啊，如果換了別人，就算快，估計也會要花個三兩天吧，就幾個小時便結案了，這個辦事效率，可真是難以見到！

本來按周宣的意思，他也不想再跟這些警察打什麼交道，有李雷這樣的人在背後，吳建國和何光偉也肯定沒有什麼好結果，至少是要十倍的苦頭吃回來，或許何光偉的官路前途便從此斷絕了！

但現在周宣正被三個漂亮女人煩著，糾結得很，傅遠山的電話一來，正好可以借機避開她們，當即回答道：「那好，傅局長，我馬上就過來！」

說完，周宣就對上官明月說道：「不好意思，我有急事得走了，你們繼續吧！」

上官明月不知道周宣是什麼事，但聽起來也不像是撒謊，而周宣說過話後，便不管不顧起身就走，理也不理王妮娜和安臣。

魏曉晴怔了怔，然後叫道：「周宣，你什麼事啊？」

周宣頭也沒回，伸手往後揮了揮，很瀟灑的樣子。

魏曉晴呆了一陣，然後對魏曉雨說道：「姐姐，我先去一下，等會兒你自己回去吧，不用等我！」說完就急急地跟著周宣追了出去。

魏曉雨很生氣，一邊追著，一邊叫道：「曉晴，曉晴！」

上官明月也正在生氣，周宣雖然沒有說跟她不是真正的男女關係，但從頭到尾也沒給她多少面子，一開始裝一個很土的鄉下人，然後又不知道從哪裡冒出來這麼兩個驚人美麗的女孩子，而且，她們顯然跟周宣是有某種不淺的關係的。

周宣棄她而去，魏家姐妹緊跟著追過去，上官明月想了想，對王妮娜道：「妮娜，我先走了，祝福你們！」然後也追了出去。

從她進來後，一直到魏曉晴姐妹出現，她們三個最漂亮的女孩子就成了這裏的焦點，本來是王妮娜和安臣的訂婚宴會，應該她和安臣才是焦點，但卻被她們三個把風頭搶了個乾淨，現在又忽然全部走掉，幾乎把所有人的注意力都吸引走了，王妮娜氣得不得了，瞧瞧安臣，卻見安臣呆呆地瞧著廳外的方向，忍不住就狠狠踩了他一腳。

安臣痛得「啊喲」一聲，眾人都回過頭來瞧著他，安臣頓時訕訕然起來，但心裏卻是在想著，這個周宣究竟是何方神聖？能得上官明月的青睞，又似乎與魏家姐妹有很深的瓜葛，這個人絕對不是他開始想像的那麼簡單，安臣現在想來，周宣那種鄉下人的粗俗，純粹就是在扮豬吃老虎，故意讓他出糗罷了！

周宣藉故溜出大廳，出了酒店大門伸手攔了一輛計程車，上了車跟司機說到東城警察局，司機點點頭開了車。

周宣聽到後面魏曉晴在追著他叫著，從反光鏡裏瞧見，魏曉雨從停車場那邊開了車迅速追過來，魏曉晴上了車後，就快速追著周宣坐的這輛計程車。

上官明月也開了她的紅色保時捷緊緊追過來，周宣眉頭一皺，這三個女孩子要是跟著他到警察局，那絕對是給自己添麻煩，有她們跟著，肯定會鬧事，但總不能回去，想了想，便有了主意！

上官明月開著車，心裏想著，等一下再面對魏家姐妹時，她應該怎麼說怎麼辦時，忽然自己這輛保時捷就熄火了，車子忽然停了下來。

她不由得很納悶，車子怎麼忽然熄火了？上次出問題，是輪胎無緣無故脫落，這會兒才剛剛從車廠裡保養回來，卻又出毛病了！

而魏曉雨開著車時，車也忽然熄火了，擰著鑰匙打了幾下火，打不燃，再一用力，方向盤「喀嚓」一聲，竟然斷掉了！

周宣看到魏曉晴姐妹和上官明月的車子都停住了發動不起來後，心裏舒暢了些。

計程車在警察局的大門口停下後，周宣付了車錢，然後下了車。周宣登記之後進入了裏面。

大門進去後是一個寬敞的大廣場，左邊宿舍樓區旁邊是停車場，停了無數的大小警用車輛，右邊是十幾層高的分局辦公大樓，周宣到辦公大樓裏後，大廳裏有幾個接待窗口，裏面幾個清秀的女接待員在聊著天。

周宣到二號窗口上問道：「你好，我跟傅局長約好的，我姓周，請問傅局長辦公室在幾樓？」

那女值班員當即停止了聊天，轉回頭來對周宣說道：「請稍等！」然後撥通了局長辦公室的專線：「局長，有一位姓周的先生找您……」

「趕緊請他進來……」傅遠山一下子就打斷她的話，直接命令她請人進來。

那女值班員立即恭敬地對周宣說道：「周先生，您好，局長辦公室在十六樓，請您乘電梯上去。」

時不時有進進出出的員警，周宣與六七個員警一起進了電梯。按電梯樓層按鈕時，周宣見有一個按了十六層，其餘的都是十六層以下。

電梯裏的員警一個一個地出去後，電梯中就只剩下周宣和一名四十歲左右的中年員警，當電梯停下後，那名員警看著周宣跟他一起踏出電梯，感到有些詫異，因爲這一層只有局長的辦公室和一些重大事故處理的應急小組。

周宣的樣子他顯然是沒見過的，那員警一邊盯著他，一邊往前走。

周宣瞧了瞧四下裏，看見巷道前的一個房間門上有「局長辦公室」的牌子，就直接過去，偏偏那個員警也是往同樣的方向而去。

周宣到了門前，伸手敲了敲門，裏面有人應了一聲，問道：「哪位？」

「是我，周宣！」周宣一回答，房間裏就響起了急促的步子，傅遠山上前打開了辦公室的門，笑呵呵與周宣握了握手，說道：「周先生請進請進，本來想要到樓下迎接周先生，但剛剛有個電話進來，所以耽擱了！」

傅遠山在請了周宣進去的同時，又瞧了瞧旁邊那個四十來歲的中年員警，問道：「周洪，你進來先坐下等一等！」

傅遠山的辦公室很寬敞，也很明亮，兩面落地玻璃大窗，到底是局長的辦公室。

在茶几邊坐下後，傅遠山笨拙地找出茶葉罐來準備泡茶，周宣伸手擺了擺，說道：「傅局長，我不渴，不用泡茶了，您把處理結果告訴我就行了！」

傳遠山呵呵笑著，趁勢就把茶葉罐放下了，說道：「周先生，別急，這事只是初步的決定，後續還會接著跟進。」

旁邊坐著的周洪有些詫異，這個年輕的周先生是什麼來頭？在傅遠山面前好像一點也沒有身分的隔閡，而且他們這個傅局長最不喜歡人家叫他「傅局長」，這個周先生卻是一直叫他「傅局長」，而傅遠山一點也沒有不高興的意思。

「周先生，經我們的初步決定，交通事故的處理結果是，吳建國需負全責，將賠償奧迪A6的修理全部費用，第二，吳建國當面向周瑩小姐道歉，並賠償精神傷害損失費一萬元整，第三，參與處理你們糾紛的交警和民警的十一位員警都將追究責任，目前已經全部作停職處理，最後，我再向周先生道個歉，在東城出了這種事情，我這個局長是有很大責任的！」

周宣淡淡笑了笑，作為一個分局的局長，能做到這個樣子，確實不容易，他也沒有心思和精力想要傅遠山來整治官場中的弊端，那與他無關，他只要吳建國打妹妹的事情處理到他們滿意就好了。

「我看這個處理結果還可以，想必傅局長也應該明白，對於你們單位上的事情，我不想也不會來介入，那與我們無關，我只要我妹妹受到的傷害有個合理的交代就行！」

周宣把自己的想法說了出來，對於傅遠山，說實在的，他也不想得罪，倒不是怕不怕的問題，而是縣官都不如現管嘛，多一條路子總比堵死一條路要好得多。

傅遠山一聽鬆了一口氣，在周宣和李雷離開後，陳廳長簡直就是大發脾氣，將他們罵得狗血淋頭，而後又督促他們立即處理這件事，二要嚴肅處理違風違紀的在職人員，要以此事引以爲戒。

而後，魏書記的秘書肖揚也隱晦地表達了魏書記方面的意見，雖然沒有明說，但傅遠山是什麼人？自然聽得出弦外之音。

這位京城一號與李雷可是有不淺的關係，他是這一行的老警員，隨後查了查魏家和李家的資料，這才又發現這兩家的老爺子，根本就是一個部隊的老上下級的關係！

傅遠山看到這些資料，心裏倒抽了一口涼氣，看到周宣的資料後又是詫異不已。周宣的身分是普通得不能再普通的了，但周宣一家人轉到京城來的事，背後督促者卻來自極高層，對傅遠山來說，轉戶口的事不算大事，一個普通的民警都有這個能力，但這個關照者卻來自於他不敢想像的高層，那就表明周宣雖然表面上看起平常普通，但背後絕對隱藏著不普通的秘密！

所以，傅遠山很看重周宣對這件事處理結果的看法，從周宣和李爲的話語中，他得到了一個訊息，那就是，周宣和李雷這一方實際上對交通事故處理和賠償並不看重，他們最重視的是吳建國打周瑩這個問題。

傅遠山很惱火，都是他媽的吳建國惹事，何光偉查起來也逃脫不了干係，雖然暫時他把責任都推出去了，但傅遠山也狠狠吩咐下去，一查到底，要趁這個機會把分局上上下下的主管子女的事都調查一遍，嚴禁此類事情再次發生！

然後，傅遠山把處理結果的文案遞給周宣過目。周宣慢慢看起來。

這時，旁邊那個叫周洪的員警才有時間給傅遠山彙報。

「局長，城郊懷山寧莊失竊案，目前是越查越迷惑，我們今天……」

周洪說到這兒，向在他對面低頭瞧著文案的周宣看了看，把話頭止住了。

傅遠山知道他的意思，當即擺擺手說道：「沒關係，說吧！」

見局長吩咐了，周洪這才又說道：「局長，據可靠線人的密報，今天在地下交易中截獲了一件物品，我們對文物不太瞭解，這件物品得找專人鑑定才能得出結論！」

傅遠山一怔，當即喜道：「什麼？截獲了？逮住人沒有？這個文物大盜可是把我們搞得焦頭爛額的！」

周洪把放在身邊的公事包拿起來，打開後，取出一件用透明塑膠袋封起來的東西，再把塑膠袋打開，裏面是一件白色的玉老虎，老虎很生動，但體型不超過十公分，就像一個火柴盒大小。

傅遠山瞧了瞧，問道：「這白色老虎就是那東西嗎？」

周宣正在看文案，驀地裏感覺到一股濃烈的殺氣傳來，陰森森，殺氣濃烈，血腥味似乎有些鋪天蓋地，不由得詫然而視。

第一三二章

白玉老虎

血腥味和殺氣都來自於周洪取出來的那個白玉老虎。
這血腥和殺氣是冰氣感覺到的，周宣就覺得不簡單了，
照理說，目前的情況對他應該沒有什麼危險吧？
為什麼也會有這種感覺呢？

血腥味和殺氣都來自於周洪取出來的那個白玉老虎。

這血腥和殺氣是冰氣感覺到的，周宣就覺得不簡單了，照理說，目前的情況對他應該沒有什麼危險吧？為什麼也會有這種感覺呢？

周洪和傅遠山都沒有發覺周宣的驚訝表情，傅遠山皺著眉頭問周洪：

「有沒有請人鑑定過這白玉老虎？是真品還是仿品？」

周洪道：「還沒有，我也是剛回來，幾個交易的人都逮回來了，不過初步審訊後，基本可以肯定，這幾個人都與案件本身沒有多大的聯繫，只是這個白玉老虎有問題，但都與上家沒有直接聯繫！」

周宣在怔了怔後，忽然伸手道：「傅局長，能把這白玉老虎給我瞧瞧嗎？」

「當然可以！」雖然是案子中的證物，但傅遠山並不介意周宣看一看，反正他也不會把這東西拿走。

周宣把白玉老虎拿到手中，冰氣在手上與白玉老虎一接觸，驀然間，腦子裏就奇怪地浮出一些間間斷斷的血腥畫面來！

剎那間，周宣就被這些血腥鏡頭驚呆了！

雖然他之前也曾經在索馬里幹掉了數以百計的海盜，但一來，那些地方遠在國外，二來他是用冰氣異能所做的手腳，殺的人雖然多，但卻是殺人不見血，一點也不血腥。

但現在腦子中見到的這些鏡頭，卻著實讓周宣反胃。雖然有些斷斷續續，但周宣還是可以把這些畫面連接起來，畫面鏡頭中，是一個人拿著一把刀把另一個人砍死，然後肢解，用麻袋裝起來，又塞進後車箱中，最後在一座橋上把麻袋扔進了河中，麻袋中還裝了幾塊石頭，以確定麻袋沉到河底不會浮起來。

但周宣奇怪的是，自己怎麼會感應到這種畫面？自己的冰氣用了這麼久，的確在不斷升級，但卻從來沒有像現在這樣，可以從一件物品上感應到情景！

這難道又是一種新能力？因爲畫面太血腥，周宣並不爲這個新能力出現而興奮，而且這個能力並不太強，因爲畫面中那個持刀殺人的兇手和被殺的那個人，周宣並沒有瞧清楚他們的相貌！

周宣知道，這應該是新能力不熟練的原因。

周宣努力把腦子中的畫面鎖定下來，然後才又測了測白玉老虎的真假，說道：

「傅局長，這個白玉老虎是假的，玉質並不好，是以次充優的物件，不過做得相當好，不像普通的玉做假的手法，玉件沒多大價值，但這件玉老虎身上好像牽扯到一件兇殺案……」

周宣這話是無意中順口說出來的，但傅遠山和周洪大吃了一驚！

周洪立刻問道：「你怎麼知道這白玉老虎牽扯到一宗兇殺案件？」

當然，想知道答案的還有傅遠山，他也盯著周宣。

周宣這才醒悟過來，想了想，才道：

「局長，你們這個案子很重要嗎？」

「不是很重要，是極度重要！」傅遠山點點頭，臉色沉重地說道：

「在半個月前，發生了一起竊盜殺人案，被殺的人是一家三口，兩個五十歲左右的老夫妻，一個二十歲的兒子，在案發現場，我們刑警檢查過後，基本上沒發現什麼有用的線索，兇手似乎是個老手，在現場沒有留下任何有用的蛛絲馬跡，而且也不像是單純的竊盜案，因為這一家裏的高級電器和一部分很明顯能搜到的現金——大致有四五萬，都沒有丟失，只是一個保險櫃被打開了，保險櫃裏有兩萬多現金也留在了裏面，並沒有被拿走！

因為案情重大，我們分局當即成立了專案小組，經過鑑定，可以確定保險櫃裏還有一件被盜的物品，也許這個物品才是案子的關鍵。由於這一家三口都已經被害，不知道他們家中到底是什麼東西惹起這件禍事的，我們就聯繫了他們在國外念書的大女兒，這個大女兒陳述，她家有一件非常珍貴的藏品，是一整套極品玉做的十二生肖像，價值連城！」

周宣這才明白，不過又詫道：「如果這個白玉老虎就是那十二生肖之一的話，為什麼只有一個？而且還是假的！」

傅遠山皺著眉頭道：「這件案子影響很大，是廳裏下了命令嚴查督辦的案子，如果在年前還不能破案的話，給上面交代不了還是小事，對老百姓的影響就很大了。查了半個月，卻是沒有絲毫的線索，案子的進展等於零，今天出現的這個白玉老虎或許是個偶然吧，與那件案子怕是沒有多大的關係。還有，周先生，你很懂古玩玉石嗎？聽你的口氣好像很在行?!」

「也不是很懂，略知皮毛！」周宣淡淡回答著，然後又對傅遠山道：「傅局長，我有點事想跟你私下裏談談，幾分鐘時間就夠了，可以嗎？」

傅遠山當然同意，本來就指望著周宣不要太過於追究他們的責任，再者，周宣跟李魏兩家的關係非同一般，傅遠山也想跟他拉好關係。

「周洪，你到辦公室等我，我事情辦完，就召集專案小組開個會！」

傅遠山當即命令周洪先下樓等候。

周洪點點頭，伸手要拿桌子上的白玉老虎，卻不想周宣伸手一攔，說道：

「周員警，這白玉老虎請再讓我瞧一瞧，等會兒再還給你，可以嗎？」

周洪一怔，抬頭瞧瞧傅遠山，傅遠山點點頭，然後揮手讓他離開。

周洪也就縮回手，納悶地退出傅遠山的辦公室。

等周洪出去後，傅遠山才問道：「周先生，你還需要我做什麼事？」

周宣笑笑道：「我想幫傅局長一個忙！」

「周先生要幫我的忙？」傅遠山詫道，周宣要幫他什麼忙？難道是要直接幫他升職調走，還是什麼別的？周宣能有這個能力嗎？

「你要幫我什麼忙？」傅遠山疑惑地問道。

周宣倒是沉吟了起來，過了半晌才說道：

「傅局長，說起來也許你很難相信，連我自己都難以相信，所以我要求你幫我保密，而且，我也不敢確定一定能破案，只是我能幫你找到其中一個受害人的屍體，至於後面會不會有更多的發現，我也不敢確定！」

傅遠山一怔，沒料到周宣會說出這番話，怔了一會兒問道：「你知道那個案子？你怎麼會知道的？」

周宣淡淡道：「這就是我要跟傅局長談的條件之一，傅局長想辦法替我保密，我幫你查案，最後的功勞歸你一個人，別落在我頭上就行了！」

這個條件完全就是送傅遠山一個大功勞！

不管能不能破案，這對傅遠山都只有好處，因爲找到受害人的屍體，那也是一個進展，只是傅遠山不知道周宣說的是什麼案子，哪一個受害人的屍體？

周宣伸了伸左手，把那件白玉老虎又拿到手中，對傅遠山說道：

「傅局長，我實話跟你說吧，我老家在湖北武當山，我從小跟一個武當山的老道士練氣習醫，我醫好了李雷和魏海風書記兩家老爺子的絕症，所以跟李魏兩家人的關係很好，這是你想知道的一件事；第二，我練的氣有點古怪，我能從一件案件遺留的物件上，感應到那件案子發生時的畫面。是什麼原因，我也不清楚，我說的這個，想必傅局長應該瞭解我的意思了？」

傅遠山當即愣了，周宣說的話他當然明白，有土醫術能治好兩個名聲顯赫的老人家的絕症，這個有可能，因爲中國的民間醫術莫測高深，有這種事也並不奇怪，而周宣說出來，他覺得，周宣是想跟他交個朋友！

有了李魏兩家人這樣的背景，周宣居然還願意跟他這個警察局的一個小局長交心，傅遠山一是感激，二卻又覺得不太相信，周宣說的那個能力，就像好萊塢的科幻電影，這樣的能力真的存在嗎？

周宣想幫傅遠山不是蓄意的，而是臨時起意的，主要還是接觸到白玉老虎後，腦子裏靠冰氣得到的那些畫面太血腥太暴力，這樣的兇手要是讓他逍遙法外，不知道還會有多少人受到傷害！

周宣選中傅遠山，是因爲從目前看來，傅遠山還算正直，二來，他是京城的分局局長，層級不算低，在警察局這種最直接與百姓接觸的機關中，周宣如果幫他一步一步往上升，等於是爲自己找了條堅強後路。

當然，目前的傅遠山還不相信周宣說的話，不過傅遠山看到了李魏兩家人對周宣的重視，救命恩人這種交情自然是很深的，而且周宣已經直接跟兩家的當家人接觸了，這自然就更加了不得！

周宣又淡淡笑了笑，說道：「傅局長，我知道你也不相信，我也沒辦法解釋，我只希望傅局長以後幫我保密，如果我能幫得到你，你也只會更快升職，我不會要求你爲我做任何謀私的事情或者交易！」

傅遠山還是暈暈乎乎的，一時間沒能反應過來。

周宣又道：「我從白玉老虎上殘留的一些畫面得知，這應該是一輛計程車司機被殺害，屍體被肢解拋進……西春河……」說到這兒，又問了問傅遠山，「西春河在哪兒？」

西春河在哪裡，傅遠山當然知道。這是護城河流出城區外東面十公里外的地方。

傅遠山只是搞不清楚周宣這是瞎說呢，還是在演戲，總之，他所說的能力太虛幻，讓人難以置信。當然，如果事實如周宣所說的話，那還有另一種可能，那就是周宣是這件案子的幕後人。

不過，這種可能性就太小了，而且周宣說得太莫名其妙，只是最近，計程車司機被害案件確實也有幾宗，也沒能破案。

周宣又把白玉老虎握在手中感應了一會兒，確定了兇手棄屍的位置，然後把白玉老虎遞給傅遠山，說道：

「傅局長，這樣吧，我就算一個旁人陪你走一趟西春河，把那屍體撈出來，看看在屍體身上還能不能找到什麼證物，如果有的話，或許有新的發現，也說不定！」

傅遠山看周宣說得那麼肯定，就像他親自看到的一樣。猶豫了一陣，又想起以周宣現在的背景身分，沒必要跟他玩什麼手段吧，更不必要來討好他，他的身分顯然不是一般人隨便能得罪得起的，如果周宣無故來找事，那純粹就是給自己找麻煩！

於是，傅遠山想了想，說道：「周先生，那好，我就跟你走這一趟！」

周宣聽得出來，傅遠山是因爲他的背景，不想開罪他，陪著他就算是胡鬧一次吧，反正這在他的職權範圍以內，也不會出什麼漏子，就帶幾個人陪他到西春河走一趟。

周宣當然不會現在就一定要他相信，事實勝於雄辯，而且，自己也只不過是想暗地裏幫他一手。

傅遠山把白玉老虎先鎖進辦公桌抽屜裏，然後請周宣一起下樓。

在電梯中，傅遠山按了三樓的按鍵，然後對周宣說道：

「周先生，那個周洪，呵呵，跟你同姓，他是重案組的組長，我讓他帶幾個刑警先到西春河走一走！」

周宣點點頭，然後道：「傅局長，我想，你最好先聯繫一下打撈隊吧，我不知道西春河那裏有多深，現在是冬天，天氣很冷，如果水太深的話，打撈或許有難度，得先準備好器械！」

傅遠山笑了笑，有些無所謂的意思，顯然是不大相信周宣的話。

三樓是分局刑警大隊的辦公間，幾個組在同一層，周洪正想著周宣跟傅局長是什麼關係，因爲剛剛在傅遠山的辦公室中，感覺到兩個人不像普通關係。周宣和吳建國的事他還不知道，因爲他今天出去辦案，並不在局裏。

傅遠山和周宣出現在周洪面前時，周洪還有些發愣，傅遠山擺擺手吩咐他：

「周洪，帶上三四個人，準備好車，跟我去一個地方！」

周洪頓時跳起身子來，從傅遠山的語氣中，他聽得出是有重要事情。一般讓他出手辦的案子都不是小案子，不過，目前的幾樁案子一直都沒有進展，分到他頭上的是「十二生肖」的竊盜殺人案，到現在半個月了，基本上沒一點進展，傅遠山傅局長現在要他幹什麼去？

雖然猜測著，但周洪不敢怠慢，立即抽調了手底下四名刑警，又從車庫開了一輛十二人座的警用車。

周宣上車後沒跟這些員警說話，不是瞧不起人家或者擺架子，只是不想多跟他們打交道，因爲相處的時間越多，就越容易被人家懷疑，而他的寶，只押在傅遠山一個人身上。

這些員警對本地的情況自然是熟得很，開出城，到西春河只花了四十分鐘就到了。周宣只知是在西春河的某一座橋上，但到底是哪一座橋，他也不曉得。

西春河沿途十五公里以內，一共有三座橋，周宣努力回憶起在傅遠山辦公室裏摸著白玉老虎時得到的那些畫面，想著畫面裏那座橋上，除了有「西春河」三個字之外，還有哪些別的標誌。

想了一陣，還真是想起來了，在橋上「西春河」那三個字的中間，刻「春」字的石頭上有個缺口，缺口不大，但缺口裏沾了一些黑泥，瞧起來就像是用黑漆塗了一樣。

經過第一座橋時，周宣瞧了瞧橋的兩邊，這座橋連字都沒有，當然不是了。到第二座橋時，這座橋上倒是有「西春河」的標誌。

開車的司機停了車，周宣在車窗邊瞧了瞧橋邊石欄杆上的「西春河」三個字，中間那個春字底下一片乾淨，沒有小黑點。

西春河這邊是屬於偏遠的郊區，公路是窄路，橋不寬，只有十二米，就在車上，周宣雖然瞧不到橋的另一面，但冰氣足夠運行到這麼遠的距離，在腦子中，冰氣早探測到橋另一邊，春字下邊依然是平整無損，沒有那個小缺口。

周宣瞧了瞧旁邊的傅遠山，微微搖了搖頭，傅遠山一擺手，前面開車的員警更不用多話，來的時候就說明了，是到西春河的橋上，而這十五公里以內，西春河就三座橋，現在已經過了兩座橋，不用說，就剩下最後一座橋了，便開著車直往那邊去。

幾公里的路也就一分多鐘，到了橋上一停車，周宣就下了車，傅遠山也下車跟在他身邊，想瞧瞧周宣到底是什麼原因這麼肯定，但他心裏始終覺得周宣根本就是胡鬧一場吧。

周洪跟四位手下到橋邊上抽煙，傅局長沒發話之前，他也不好過問，照說如果有事的話，傅局長應該不會把他們帶到這個地方來吧？難道是帶著他們出來散散心、吃吃飯？

周洪覺得很有可能，因爲一起來的還有一個外人——周宣！

周宣站在橋邊，當然，他站的就是春字有個缺口的那一邊，如他腦子裏見到的畫面一樣，這個春字下邊有一個小缺口，缺口裏有指頭大的一點黑色污泥沾在上面，就像個黑漆點，而那個裝屍體的麻袋，就是在西春河這三個字右邊兩米處的地方給扔了下去的。

這一帶很偏僻，農村住戶隔得遠，河不太寬，水也不急，但深度卻也不是很淺，大約有三米左右，水受污染程度不輕，水呈渾黑色，就算只有二三十公分深度，周宣估計都瞧不到底部。

橋與水面的距離不超過十米，大約只有八米多到九米吧，這個距離也完全在周宣的冰氣範圍以內。

傅遠山站在他旁邊，瞧著他沒有問。周宣早運起了冰氣，沿著畫面上那個兇手扔屍體的地方往下探。

在水底下，周宣的冰氣就探測到那個麻袋的位置，因爲重量幾乎有三分之一的部分陷入了淤泥中，而麻袋中的屍塊已經腐爛得很嚴重，大概是水污染度高，而且距案發也有一段時間了。

確定了位置後，周宣就沒必要再跟傅遠山打啞謎，手按在石欄杆上劃了劃，然後低聲道：

「傅局長，就這個位置，裝屍體的麻袋就是從這裏扔下去的，麻袋裏除了屍體的碎塊外，還有一塊石頭，因爲重，所以才沒有浮出來！」

傅遠山努力瞧了瞧橋下面，只是水太渾太黑，瞧不進水底中，周宣跟他說了這些話後，他還在猶豫著要不要叫打撈隊過來。

周宣見傅遠山猶豫著，笑了笑，淡淡道：「傅局長，你覺得我會無聊到跟你來開這種玩笑？我也不是吃飽了撐著吧？如果我要胡鬧，騙你，那對我又有什麼好處？」

傅遠山確實是猶豫著，但周宣這麼一說，他倒是下了決心，確實是這麼個道理，周宣騙他，會有什麼好處？無論是錢財，名聲，關係，都沒半點好處，他根本就不必要這麼做！

傅遠山心裏一決定，當即對在對面抽菸的周洪幾個人招了招手，說道：「周洪，過來一下！」

周洪趕緊扔了菸頭走過來，另外幾名員警都跑了過來。

傅遠山想了想才吩咐道：「周洪，馬上通知局裏安排人手弄兩艘橡皮船過來，帶好打撈工具趕到這裏！」

周洪一怔，「打撈？在這裏打撈什麼？」

傅遠山哼了哼，說道：「趕緊安排，問那麼多幹什麼？破個案都破不了，話倒是挺多！」

周洪臉一紅，掏出了手機到一邊打電話安排人手。

傅遠山倒不是想嘲諷周洪，但他又能怎麼說？如果等一下打撈後真有裝屍體的麻袋，那就是另外的說法了，但現在，天知道呢，既然他自己都搞不明白，又如何對周洪說？

西春河不寬不急，這個打撈任務對他們來說的確不是大任務。

四十分鐘後，東城分局的人就趕來了，開了兩輛車，一輛巡邏警車，一輛押解犯人的箱式貨車，貨箱後面拖了兩個橡皮艇，還有一個人力打氣器，十幾條打撈鉤爪之類的長鋼條。

不用傅遠山吩咐，周洪就自動跟分局過來的人一起準備橡皮船，用打氣器械進行打氣，十幾分鐘就把橡皮艇打滿氣。

過來的十幾名員警分成兩組，一組幾個人把橡皮艇抬著從橋一頭的斜坡路上抬到河邊，然後把船推到河裏，然後上了兩個人，拿著木槳划到河中間。

接下來把另一艘橡皮艇推下河，兩艘橡皮艇划到河中間後，周宣在橋上面陪著傅遠山，給他指了指位置，傅遠山就指揮著下面的橡皮艇上的員警，叫道：

「就這個位置，用工具打撈一下！」

兩艘橡皮艇上的員警收起船槳，然後拿起鉤爪，沿著橋上傅局長指著的位置在河水裏撈起來。

水面很渾黑，水污染得不輕，有些臭味，從河面上根本就瞧不進河裏面，不過河水不深，最深的地方才三米，邊上才一米多，鐵爪子很輕易就探到了河底。由於周宣用冰氣測定了位置，所以橡皮船上的員警很快便探到了麻袋的位置。

鐵鉤上的爪子抓到麻袋後，那員警便叫道：「有東西，好像鉤到東西了！」說著用力一拉，但麻袋太重，鉸鉤一下子脫落開來。

那員警接著又用鐵鉤子試了一下，但麻袋太重，拉起來的時候又掉落了，當即對另外一艘橡皮船上的員警說道：「你們兩個跟我同時鉤，一起用力，看看能不能撈起來！」

接著，兩艘橡皮艇上的四名員警一起用鐵鉤子伸到河底下鉤住了那麻袋，四個人一起用力，麻袋的重力分散到了四個人手上，平均每個鐵鉤的受力就輕了很多，這次倒是沒有脫落，鐵鉤把麻袋鉤了起來。

當麻袋浮出水面時，幾個員警聞到濃烈的腐臭味道，其中一個就叫道：

「是屍體！」

其實不用他說，在橋上和河邊的人都看得清楚，從麻袋破口處露出來的是一隻人的手，成年人的手！

橋上的傅遠山立時呆住了，伸手抓著周宣的肩膀使勁搖晃！

周宣竟然說對了！到底是他有這個特殊能力，還是他根本就是始作俑者？

這實在是太不可思議了，除非周宣就是兇手，否則他哪能這麼準確知道這河裏有屍體，地址位置還這麼準確！

但傅遠山又清楚地意識到，周宣好像並沒有來過這個地方，但他卻能準確知道屍體在水裏的位置。如果周宣是兇手的話，又怎麼會帶他們來這兒打撈出屍體來？這不是明顯的自投羅網嗎？

河裏橡皮船上的四名員警相互用著力，將那麻袋拖到河邊上，然後河邊的員警接力，將麻袋接過抬上公路，接著，拿著相機的員警對著河面和屍體麻袋拍了起來。

撈出了屍體，周洪哪還遲疑，當即打電話讓局裏的法醫趕緊過來。然後，眾人把麻袋割開。

麻袋割開後，腐臭味極重，屍體不是完整的，而是被斬成了七八塊，形狀極爲慘不忍睹。來的十幾個員警大多數都是刑警，見慣了屍體慘殺的現場，但現在這個場景還是讓他們感到震驚，其中有兩個是新手，跑到路邊「哇哇」地嘔吐起來！

麻袋中還有一塊數十斤重的石頭，這是兇手爲了防止麻袋浮起來用的。

周洪戴了手套，把屍體翻了翻，把頭部翻出來，這屍體的頭臉都已經腐爛得辨認不出本來面目了。

而麻袋裏除了大石塊和切碎的屍體外，再也沒有別的東西，比如兇器什麼的，因爲在水裏的時間估計是超過了十天以上，就算有什麼指紋痕跡，也都被河水泡沒了。

在現場的這些人中，除了傅遠山一個人知道是周宣找到現場的這個秘密外，其他人都不知道，周洪還奇怪呢，他們局長怎麼會知道這個藏屍的地址呢？

局裏的兩名法醫在一小時後趕過來了，因爲要在現場鑑定一下，看看能不能在附近以及這個現場找到更有用的線索。

在法醫初步的鑑定下，其中一人就向傅遠山和周洪彙報道：

「局長，組長，這個屍體的死亡時間，也就是被害時間，初步估計是十二到十五天前，確切的日期還要回去後經過解剖才能確定。屍體的真實身分則需要檢驗DNA，不過，就算DNA檢驗出來了，在國內，要通過DNA來查證一個人的身分，那就跟大海撈針差不多，不過，可以通過科學技術把死者的臉容恢復出來。」

傅遠山皺著眉頭沉思著，不知道周宣與這個案子有沒有牽連，如果只是找到了這個屍體，那也只是多了一個無頭案子而已。

在那件白玉老虎上，周宣測過好幾次，得到的畫面始終是那些，沒有兇手和死者的詳細相貌，只有臉部模糊的樣子，到底是什麼原因呢？

看著周洪和一群員警在屍體邊忙著，周宣猶豫了一下，心裏在想著，要不要過去在屍體上檢查一下。

這個新能力是不能用冰氣隔空測試的，這一點周宣剛剛已經試過了，冰氣觸在屍體上時，腦子裏得不到半點畫面，可能要用手接觸物件才能有那種反應！

但周宣很不願意直接面對那碎成塊又嚴重腐爛的屍體，從小他就怕血，要是見到了，估計得有半個月吃不下東西！但現在唯一的可能線索，就在這具切割碎了的屍體上，否則憑藉冰氣找到這具屍體的成績就算白廢了！

思索了一陣子，周宣還是決定下來，走到傅遠山身邊悄悄說道：

「傅局長，如果沒有其他線索，我想試試看，能不能從屍體上得到點什麼資訊，不過我也不敢確定，只能試試！」

傅遠山對周宣可以說是既驚且疑，如果他不知道周宣的背景，一定會叫周洪他們把周宣逮起來查個究竟。

「那好，你瞧瞧吧！」傅遠山點點頭，然後吩咐一個員警給周宣送上一雙塑膠手套。

周宣戴上塑膠手套後，深深吸了一口氣後，屏住了呼吸。有冰氣在身，他屏住呼吸的能力非常強，不過到底能撐多久，卻沒有試過。以前在海底有過徒手潛十幾二十多分鐘的經驗，現在憑空止住一會兒呼吸，應該不算難事。

到了屍體邊，周宣瞧著腐爛的屍體，居然沒有了以前那種見到慘狀就暈厥的感覺，雖然極不願意看到現在這場景，但卻沒有忍不住要嘔吐的感覺！

法醫在一邊檢查著割爛的麻袋，看看有沒有其他線索。周宣蹲下身子，把左手伸出去輕輕接觸在屍體上，然後緩緩地把冰氣運出來。

旁邊的員警看著並不覺得奇怪，因為法醫鑑定都是要翻動屍體檢查的，周宣一直都是跟他們局長在一起，搞不好就是請來的專家。

周宣冰氣一接觸屍體，腦子就像觸了電一般，一些畫面像閃電一般在腦子中閃爍個不停，兇手砍人的動作，揮舞的砍刀，兇悍的面孔，受害人的慘叫，奔逃，被活活砍死，又被砍成無數塊……

第一三三章

大材小用

周洪感覺到很奇怪，今天傅局長雖然讓他成立了分屍案小組，

卻沒有像以往那樣事事讓他接手辦理，而是只吩咐他辦跑腿的事，

這可不像他一個組長做的事，有些大材小用了吧？

「周先生周先生，醒一醒，周先生，你醒一醒！」

周宣從迷糊中醒轉過來，見傅遠山扳著他的雙肩搖晃著，然後又遞給他一張紙巾，說道：「周先生，你流鼻血了！」

周宣一怔，隨即接過紙巾擦了擦鼻子，紙巾染得緋紅，果真是流血了。

周宣擦淨了鼻血，對博遠山低聲道：「傅局長，到車裏再說吧！」

傅遠山剛剛見到周宣那種表情，不像是裝出來的，流鼻血的那一剎那，他的人似乎有些暈迷，像是極損耗精力的樣子！

傅遠山當即扶起周宣到車裏，關上車門後，坐下來才說道：「周先生，你要說什麼？」

周宣瞧了瞧車外面，外面的員警離車子有七八米，隔了車窗玻璃，他們說的話，外面的人是聽不到的。

「傅局長，我有兇手和受害人的畫面，但我只能說，畫不出來！」

傅遠山定了定神，周宣又在故弄玄虛了嗎？可之前也是以爲他在瞎胡鬧，但不是從河裏真挖出屍體來了？

沉吟了片刻，傅遠山才說道：「那行，我們先回局裏，由技術處根據你的描述來進行畫像。」

隨後，傅遠山又安排幾名員警陪同法醫檢查現場，看還有沒有其他殘留的證據，其他人則返回局裏。

傅遠山對周洪道：「周洪，你跟我一起回去，先把手上那個案子放一邊，對本案成立一個小組，這件案子情節重大，必須要盡全力破案！」

周洪眉毛都皺成了一個川字！上次那個滅門慘案尚未破案，這會兒又冒出來一個分屍案。屍體扔進水裏的時間太久，屍體腐爛得如此嚴重，連被害人是誰都不一定查得出來，又談何破案？但誰叫傅遠山是局長，是他的頂頭上司呢？

在回程的路上，周宣在心裏想著剛才的問題，一開始在局裏摸著那白玉老虎時，腦子裏的畫面很模糊，看不清楚人臉，就像是放久潮了的錄影帶，影像模糊，而剛剛在屍體上接觸時得到的畫面就清晰多了。

通過白玉老虎和剛剛觸摸過的屍體，除了兇犯行兇的畫面，別的無干係的人卻沒有在腦子中顯現出來，這會不會是冰氣只對有危險性的事情做出選擇？

再回到分局後，傅遠山沒有安排周宣休息，直接帶他到技術資訊處理處。

負責模擬畫像的是老宋，其實他並不老，只有三十歲左右，傅遠山也沒有介紹周宣，因為周宣曾跟他說過，所有這些事都由他出面。

老宋坐在電腦面前，調出圖片庫的文件，然後對傅遠山說道：

「局長，現在可以開始了！」

傅遠山瞧了瞧周宣，周宣努力想了想剛剛在橋上接觸屍體時腦子中得到的畫面，然後向老宋逑說起兇手的畫像來。

老宋在周宣的逑說下，把人像漸漸拼湊起來，因爲周宣腦子中的畫面是清楚又真實的人像，所以對圖片的合成很快，而且很準確。

老宋在周宣確定畫像後，列印了出來。傅遠山拿過列印出來的圖片瞧了瞧，心裏猶豫著這些圖像的真實性，在他心裏，周宣從頭到尾都像是胡鬧，哪怕碰巧找出了河裏面的屍體，但他依然對周宣持懷疑的態度。

傅遠山拿著圖片沉吟了一陣，然後吩咐老宋再列印幾十張出來，隨後把這些畫像拿著與周宣一起回到他十六樓的辦公室。

周洪正在他辦公室等候著，傅遠山把手裏的畫像遞了給他，然後吩咐道：

「周洪，把這兩個人的畫像調查一下，看看能不能找出來，再把我們資料庫裏的圖片核對一下。」

周洪感覺到很奇怪，今天傅局長雖然讓他成立了分屍案小組，卻沒有像以往那樣事事讓他接手辦理，而是只吩咐他辦跑腿的事，這可不像他一個組長辦的事，有些大材小用了吧？

事有湊巧，周洪雖然心中奇怪地辦著這些事，但把那些圖片拿到辦公室讓手下一查，竟然真的就核對出一個人來。

不過不是兇犯那一張，而是被害人。十四天前，有個叫張成的計程車司機失蹤，他的家人來報過案，但一直到現在，這個叫張成的司機都沒有下落，局裏也沒有查出結果。

但因爲報案的時間不長，所以調出失蹤和死亡人口的相片一核對，就發現這張合成圖片上的一個人與其極爲相像，甚至可以說是一模一樣！

但另外一張就沒查到。周洪把張成的圖片列印出來，然後拿著這些資料趕緊到傅遠山那兒彙報。

傅遠山正陪著周宣閒聊，周洪興沖沖敲門進來後，傅遠山還有些詫異，他當然不會相信有這麼巧的事。

周洪興奮地把張成和那張受害人的畫像遞給傅遠山，笑道：

「局長，您瞧瞧，是這個人吧？」

傅遠山瞧著這兩張圖片，眼神隨之一凜，跟著眉毛又是一揚，臉上喜色洋溢，說道：「像！簡直就是一模一樣！」

興奮了一陣，傅遠山才醒悟起來，趕緊吩咐周洪：「周洪，你馬上通知張成的家屬過來，再讓法醫技術處把屍體復原！」

想了想，傅遠山又道：「屍體腐爛度太嚴重，認屍已沒辦法，只能通過ＤＮＡ識別，你通知張成的家屬，帶上張成的毛髮等能識別的東西過來，如果沒有的話，就讓張成的子女過來驗血。」

周洪馬上應聲出去辦理，這分屍案雖然是一件無頭無尾冒出來的案子，但如果能查出這個受害人的身分，那將是一件重大發現！

如果能證明這個屍體就是張成的話，那傅遠山就能肯定，另一張圖片裏的人就是兇手了！

雖然神奇，雖然不相信，但傅遠山也只能選擇相信，因爲周宣的實力和背景已經表示，他根本就不需要來向自己證明什麼，更不需要向自己討好拍馬，唯一的可能就是，周宣想幫他！

根據多年辦案的經驗，傅遠山也可以肯定，周宣不是這個案子裏的兇手！

要通過ＤＮＡ等技術鑑定對比，那是需要時間的，就算找專門人手進行，那也是需要一天，現在再待在這兒也沒什麼意思，而他在這件案子中能做的都已經做了，後面的事，就是傅遠山他們自己來做了。

「傅局長，我想，現在也沒我什麼事了，我先回家了，如果你還有什麼事就給我打電話，我儘量幫忙！」

傅遠山這時心情正好，當即笑道，「那好，周先……小周，我安排人送你回去，這件案子如果能破，小周就是我們分局最大的功臣……」

周宣一下子伸手攔住了他，說道：「傅局長，你又來了，我們倆可是有約在先，所有功勞都由你承受，我只認替你暗中做的那點事，你明白就好！」

傅遠山怔了怔，這才相信周宣說的這些話是真的，並不是在他面前做戲。傅遠山馬上就明白周宣的意思，像周宣這種有奇怪能力的人，多是不想公諸於世，但周宣卻暗中幫助了他，這倒是一件好事。

周宣走之前，還特地向傅遠山囑咐道：「傅局長，如果你以後要我幫你忙，儘管說就行！只是有些事情，不宜外傳。」

傅遠山笑呵呵地道，「小周，我明白了。還有……」伸手跟周宣握著手，緊緊搖了搖，又道：「小周，以後我叫你小周，你就叫我老傅，或者傅大哥，畢竟我癡長你幾十歲，從今天開始，我們兩個就是親兄弟同盟，小周兄弟不會嫌棄我老傅吧？」

周宣笑笑道：「好，傅大哥，周宣求之不得！」

傅遠山很貼心地為周宣安排了一輛普通車牌的小車，一輛四十來萬的奧迪A4。

不過，周宣卻很喜歡，畢竟，沒有人喜歡被一輛警車送來送去的。

了。

回到宏城花園的別墅，送周宣回來的那名便衣員警恭敬送周宣下車後，直接告辭離開了。

周宣在門外見到李爲的車子也在，心知這傢伙還在自己家裏。

到廳裏後，周宣果然見到李爲正跟母親、妹妹、傅盈、劉嫂幾個人說著話，也不知道他說些什麼，把幾個人逗得哈哈大笑。

看到妹妹開心的樣子，似乎已經沒有了被吳建國打過後的心理陰影，周宣心裏也鬆了一口氣。

因爲擔心母親受到驚嚇，幾個人回來後並沒有向金秀梅提起這件事，周宣當然也不會說出來，傅盈怕他失口說出來，向他遞了遞眼色，然後拉了他就往樓上走，一邊走一邊對廳裏的人說道：「媽媽，我有事跟周宣說！」

金秀梅笑呵呵地道：「去吧去吧！」兒子跟兒媳婦親密那是好事，再說婚期都已經很近了，親密一點也很正常。

傅盈當然沒想到這個上面，要是知道金秀梅這樣想的話，那她就沒有這麼自然的表情了。

到了樓上的房間裏，傅盈才悄悄說道：「周宣，媽媽不知道，我們回來也沒說起這事，妹妹覺得最好不要說，反正也沒什麼事，事情過了就過了，免得說了家裏人還擔心！」

周宣笑道：「我知道，看這個樣子就知道，我又不是傻子，我媽是什麼都藏不住的人，要是知道了這件事，我回來肯定就會問我了，你看媽啥事也沒問吧。」

傅盈撫著胸口鬆了一口氣，然後道：「早知道我就不這麼擔心了。」

周宣拉過傅盈在她臉蛋上親了一口，笑道：「現在就不用擔心了，我媽那樣子，肯定以為你想我了，所以我一回來你就拖我上樓來親熱！」

傅盈一下子臉又紅了，趕緊推著他往房間外走，急急地說道：「想你個頭，快點下樓去，真是的……」

本來她確實有心跟周宣卿卿我我一下，但周宣這樣一說，那臉上的羞意如何止得住，又想到剛剛金秀梅那曖昧的表情，更是難以抑止！

兩人一個笑一個羞地到了樓下廳裏，金秀梅瞧見傅盈臉蛋緋紅的樣子，心裏有些奇怪，才這麼一會兒功夫，能幹什麼事？沒什麼事，又怎麼會羞到這個樣子？

李為在一旁有些遲疑地說道：「阿姨，宣哥，周瑩說有些餓了，想吃燕窩粥，我……我帶她出去，前面街上有一家店很有名！」

金秀梅笑了笑，擺擺手道：「要去就去吧，年輕人就要多出去走走。」

不過，周瑩卻是有些莫明其妙的樣子，李為不等她說出話來，一把拉了她就往外走，這個動作讓周宣、傅盈、金秀梅都有些奇怪。

金秀梅更是詫異，問周宣：「兒子，你怎麼不一起去？就李爲跟周瑩兩個去嗎？我就覺得奇怪了，李爲不是跟你寸步不離的嗎？今天怎麼轉性了？」

周宣也感覺有些奇怪，不過也沒多想，心想：可能李爲是想帶妹妹出去散散心吧。

傅盈見大家的注意力都不在她身上了，這才羞意盡去，想了想道：

「周宣……會不會是李爲喜歡上妹妹了？」

周宣和金秀梅都是一怔，傅盈這話太出人意料了。

周宣隨即說道：「不會，不可能，李爲不可能會喜歡周瑩，盈盈，你想太多了！」

傅盈哼了哼，道：「哼，你知道什麼，你又怎麼知道李爲不會喜歡妹妹了？妹妹又漂亮又溫柔，心地又好，又純樸善良，是個男人都會喜歡她！」

周宣訕訕地道：「我不是說妹妹不好，我妹妹當然好了，在我心裏，她就是我們家的寶貝，但跟李爲不大可能吧，李爲這個花花公子，人是不錯，但感情上太花心了，而且我們家和他們家身分懸殊太大，不可能不可能！」

「你是個大豬頭！」傅盈伸手指點了點周宣的額頭，又道：「你這人，老是階級意識，你就不想想你在兩位老爺子心裏又是什麼位置？如果說是李爲真心願意跟周瑩好的話，他們李家上上下下都會高興，李副司令現在對你有多好你不知道？」

傅盈說到這兒又哼哼道：「再說，你又怎麼知道李爲就不是個好人了？在他那種家庭中，有些你瞧不順眼的脾氣並不奇怪，相處這麼久了，李爲是什麼樣的人你不明白？要說的話，哼哼，我不一樣是嬌小姐脾氣嗎，你怎麼就瞧得順眼了？要不你就是裝的！」

「不不不，我不是裝的！」周宣當即否認，這一下腦子倒是轉得快，不過話說回來，傅盈確實說得有點像那麼回事。

金秀梅也沉吟著，李爲人倒是不壞，小夥子長得也不錯，但聽周宣說了，人家家裏可是京城裏的大官，能瞧得上她們這平民家庭？

周宣一見老娘在嘀咕這件事了，當即道：「媽，別想這事了，該幹嘛就幹嘛，還是看電視吧，我到房間裏躺一下！」

金秀梅嘀咕道：「怎麼最近你一回家就是睡？都快變成豬了！」

周宣笑嘻嘻地指著自己的肚子道：「好像是吃多了，氣有點不順，躺著練練氣功睡睡大覺！」

他這話是專門說給傅盈聽的，老娘當然不會明白。

傅盈知道周宣又是要躲到房間裏練習他那個冰氣了，雖然想瞧瞧究竟，但現在可就不好意思再跟著上樓了，剛剛的羞意還沒完全消失呢，要再跟著周宣上樓，那還不被婆婆笑話了？

周宣一邊哼著小曲一邊上樓，回到自己房間裏後，周宣坐在床上回憶起今天的情況來，可以肯定的是，自己的冰氣得到了全新的一種能力，和以前轉化吞噬黃金、探測物件的能力不同的是，這種能力完全是突破性的！

周宣越想越奇怪，越想越興奮，不知道自己的冰氣以後會到達什麼境地，也不知道冰氣還會進化出什麼樣的新能力！

想到這點，周宣又把那個小水晶體拿出來，瞧了半天，水晶體從外面瞧進去，裏面像霧像謎，誰也想不到，這裏面的東西會有無窮無盡驚天動地的異能！

周宣自己也不明白，究竟是怎麼從裏面得到異能的，但他現在就像吃了鴉片上了癮一般，每晚都要在家把它拿出來練習，以壯大冰氣。

不過，周宣明顯感覺到，丹丸冰氣沒有再增強漲大一絲半分，但金黃的顏色卻是更鮮豔了，也就是說，冰氣雖然不再漲大，但卻精純醇厚了許多！

這讓周宣悟到，冰氣可能也跟人一樣，到了某一個分界點後就不再長高長大，比如人到了二十五六歲以後，或許不會再長高了，但腦子卻會更加成熟，經驗會更加豐富，冰氣可能也是這樣吧。

周宣不想多慮，把冰氣再運行幾次，收回到左手腕中後，便把晶體放回抽屜裏。

冰氣比以往又精純了幾分，但周宣還是搞不清今天那個新能力是怎麼出來的，為什麼在摸到白玉老虎時忽然會有這種畫面產生呢？爲什麼摸到別的物件時就沒有反應？難道真的只是在摸到兇殺遺留物件時才會有畫面產生嗎？

周宣想了半天，忍不住把跟盈盈合照的照片相框拿了起來，捏在手中，試了一陣，腦子裏沒有一丁點的畫面產生！

這讓周宣很不解，難道說兇殺物件上面逗留的氣息會更強烈一些，才會讓冰氣有強一些的反應？

這的確也有可能，古往今來的傳說故事中，什麼六月飛雪，冤氣沖天，冤鬼纏身，也說有怨氣強烈的人死後化成冤鬼害人，卻從沒聽說有無怨無恨的人變成鬼來害人的！

周宣雖然感覺到奇怪，但還是把冰氣運起，把精神集中了，努力把冰氣定神在相框上，就在這時，周宣腦子裏忽然異相叢生，一幅幅畫面在腦子裏穿梭不停！

有自己跟盈盈照相的鏡頭，有盈盈在超市裡獨自買相框的鏡頭，甚至還有照相館店員洗相片的鏡頭！

周宣這一喜非同小可！原來冰氣異能產生的這個新能力，並不只對兇殺事件才有感應能力，而是對所有物件都有這個感應能力！

或許是兇殺物件上帶有的戾氣要強烈些，所以冰氣才更容易感應出來，而相框上的氣息要淡得多，所以不那麼容易感應到。不過，在周宣全力運起冰氣、集中精神時，還是感應到了。

當然，這還有冰氣每日增強的原因。

周宣又在房間裏拿了幾件物品來試驗，果然如他所想，這些物件物品因爲都不帶有強烈的氣息，所以周宣得花更多的精力才能感應到。

試驗了一大堆物品，周宣終於弄清楚了新能力的作用，也能熟練控制這個新的感應能力了。

周宣很是興奮，也感覺很新奇，這份新能力不知道能給他帶來什麼樣的好處呢？不過，新能力似乎只能探測到過去半個月之內的事情，而不能測到未來，周宣搖了搖頭，呵呵一笑，真是人心不足啊，要是能測到以後未來發生的事情，那就不只是異能了，那是神仙了吧！

測定了冰氣新能力後，周宣又將冰氣在經脈中運行了幾遍，然後在朦朧中睡去。

早上醒過來後，起床拉開窗簾，窗外一片銀白，又下雪了！

洗漱過後，劉嫂早餐早做好了。老媽，周瑩，傅盈都在客廳裏。讓周宣意外的是，李爲也在，這傢伙這麼早？

李爲見到周宣後，笑嘻嘻地道：「宣哥，我來得夠早吧？」

周宣怔了怔，忽然說道：「李爲，你爸叫我兄弟，你以後還是叫我叔叔，別宣哥宣哥地叫，沒大沒小的！」

李爲一呆，忽然間脹紅了臉，不服氣地道：「我老子，我爸那是瞎叫的，他又不是你親哥，跟你是什麼兄弟？我爸五十多快六十了，你才二十六七，跟我差不多，你說你算哪門子的叔叔？」

周宣見李爲惱怒的樣子，心裏一動，忽然想起了昨天傅盈跟他說的話來，這個李爲，難道真是喜歡上了周瑩？

傅盈和金秀梅也是相互一對視，金秀梅還真是有幾分相信傅盈說的話了，李爲這個表情越想越像！

吃早餐時，李爲一點也不客氣，還說他根本就是一起床就過來了，沒吃過早餐。不過在餐桌上，周瑩卻是和李爲隔得遠遠的，低頭吃著早餐。

自家的妹妹，周宣哪會不清楚，看來這事還是真的了。不過周瑩可沒向他們透露半分，可能是害怕吧，也可能擔心李爲家家境太好，所以不敢說，再說，周瑩從來沒談過戀愛，害怕也是自然的。

周宣有些頭痛，如果周瑩的對象是個普通人，他倒是高興得多，但是李爲這樣的家庭，他就有些擔心了，李雷和老李對他好是一回事，但兩家成爲親家卻又是另一回事，他擔心的是妹妹受到傷害！

周宣嘆了口氣，要說李爲呢，人也不壞，他也挺喜歡，人也耿直不做作，但就是擔心他的心態，畢竟人家是含著金湯匙長大的，有錢人家，大官家庭，可不像普通人那麼重親情重感情！

是得找個時間跟李爲談一談了，這事關係到妹妹的終生幸福，不得不慎重。

周宣正想著找什麼方法把李爲叫出去時，身上的手機就響了，拿出來一看，見是傅遠山辦公室的那個號碼，當即站起身走出餐廳，一邊接了電話。

「傅局……呵呵，傅大哥，一大早有什麼事嗎？」

傅遠山笑呵呵地道：「小周兄弟，喜事，通過DNA鑑定，那具碎屍確定了是張成，而我們通過追查他的紅色捷達計程車的下落，在八十公里外的鄰市查到了張成的車，我們已經讓那邊的警方控制了那輛計程車，並嚴密的管制，我想帶你過去再瞧瞧那輛計程車，看有沒有新的線索！」

「哦，呵呵！」周宣笑了笑，又道，「那我馬上過來，那個兇手的圖像，有沒有找到線索？」

「還沒有！」傅遠山回答著，「從警局系統裏的資料檢查中，這個人肯定不是慣犯，因爲沒有案底，與通緝的在逃犯都關聯不上！」

「哦，這樣吧，我過來再說。」周宣一邊回答，一邊回頭跟家裏人說著，「媽，盈盈，我有事出去了。」

李爲問道：「宣哥，你去哪兒啊？」

周宣還沒回答他，手機裏，傅遠山趕緊說道：「兄弟，你別忙著走，我已經叫周洪開車過去接你了，他走了十來分鐘，應該也快到了，你再等一會兒！」

周宣笑了笑，也沒再推辭，笑道：「傅大哥，那我掛了！」

李爲和傅盈都聽到周宣的電話稱呼，正在猜想是不是昨天警察局那個姓傅的局長，因爲除了傅盈是這個姓之外，周宣也沒有再姓傅的朋友。

周宣回頭瞧著傅盈眼裏的疑問，笑了笑說道：「盈盈，是傅遠山，傅局長，有事求我幫一下忙，這樣的朋友我得交，也沒大事，對我來說，舉手之勞，你們就在家吧，反正今天下了這麼大的雪，哪裡也不能去了！」

傅盈感覺到周宣的表情很輕鬆，猜想也不會是什麼大事情，也就不擔心，點點頭道：「那好，辦完事就早點回來，有事沒事都給家裏打個電話。」

「我知道。」周宣笑笑著轉身往廳外走去。

李爲卻是跟了上去，嘴裏說道：「宣哥，我跟你一起！」

周宣有些詫異，這傢伙今天怎麼會要跟他走了？不膩著周瑩了？

第一三四章
冰氣查案

周宣腦中的畫面，就像是在看電視一樣，
畫面很多但很雜亂，周宣正覺得快承受不住的時候，
忽然看到一幅兇手在酒店櫃臺登記的畫面！
周宣這一喜非同小可，當即盡力運起冰氣，
努力查找兇手的身分記錄。

出了別墅，兩個人踩著門外的積雪，腳底滋滋直響。

李爲瞧了瞧身後，大廳裏沒有人跟出來，這才低聲對周宣道：「宣哥，你是到那個傅遠山傅局長那兒去吧？」

周宣點點頭，問道：「是啊，又怎麼啦？」

李爲狠狠捏了捏拳頭，沉沉地道：「媽的，老子要傅遠山把吳建國逮來，狠狠揍一頓，這個心頭氣不出，老子覺都睡不好！」

周宣靜了靜，怔了一會兒，然後才淡淡問道：

「李爲，我問你個實話，你得認真地回答我！」

「宣哥，你問吧，我什麼事都是跟你說的實話，從沒跟你說過假話啊！」李爲奇怪地問道，「宣哥，我怎麼覺得你怪怪的，我跟你還有什麼不好說的？」

「那好，我問你。」周宣盯著他定定地問道：「你跟我妹妹周瑩是怎麼回事？」

李爲一呆，隨即臉色緋紅，支支吾吾地道：「宣哥，我，你，你……」

周宣哼道：「我什麼我，你什麼你，說實話！」

「好，說就說！」李爲忽然一狠心，發了橫，說道：「我喜歡周瑩，我要娶她，就是這樣，你這個大舅子是願意也得當，不願意也得當！」

周宣瞧著李爲臉紅脖子粗的樣子，又羞又怒的，笑了笑，淡淡道：「李爲，想讓我當你的大舅子，你兇什麼兇？這麼兇還怎麼讓我答應？」

李為一怔，乾脆耍起了潑：「那你想怎麼樣？」隨即又嘀嘀咕咕地低聲道：「反正你是願意也得願意，不願意也得願意！」

周宣聽著李為這無賴的話，不禁有些好笑，隨即又板起了臉，冷冷道：

「李為，你要我答應你，那我就得跟你約法三章，第一，你以後得對我妹妹一心一意，你哪裡對不起我妹妹，我就把你哪裡廢掉；第二，你得讓你家裏，你老子李雷，你家老爺子兩個人都同意，我才能答應，你說，你辦得到嗎？」

按周宣的考慮，李為肯定還是有顧慮的，畢竟他提的條件不是他能說了算的，像他這種身分的家庭，就像皇帝家一樣，皇帝兒子的身體都不是他自個兒的，他的命運是被攥在皇帝手裏的，由不得自己作主。

但沒想到的是，李為毫不猶豫地回答道：

「沒問題，宣哥，就按你說的辦！」

周宣有些意外，沒料到李為會這麼爽快，爽快得就像撒謊一樣，讓他不敢相信。

周宣沉吟了一下，然後才道：「李為，我們認識這麼久了，你的為人我也算了解了，雖然有些紈褲脾氣，但還算是個好人，我對你本人是沒有什麼意見的，但你也知道，我就這麼一個妹妹，對於我這個人，你也應該瞭解，錢財對我來說，夠用就行了，我不追求過多財富，我最注重的是親情，我的家人就是我的命，你明白我的意思嗎？」

李爲倒真是收起了他一貫的嘻笑嘴臉，認真地說道：

「宣哥，我明白你的意思，小瑩是個純樸的鄉下女孩子，她的人就像一張白紙一樣，我也知道大多數人都認爲我家庭好，身分高，會認爲小瑩配不上我，可我實話告訴宣哥你，在我看來，什麼身分，都是狗屁，我不是個能幹的人，沒那麼多高尙的理想，我只想錢夠用，能跟喜歡的人快快樂樂過一輩子就行。而小瑩，說到底，是我配不上她，而不是她配不上我。所以，我跟宣哥保證，從今以後，我會好好待小瑩，絕不會讓她受半點委屈，也絕不會做對不起她的事！」

周宣一時沉默下來，李爲說話的表情是誠懇的，這一點不用懷疑，但一個人是會變的，李爲是含著金湯匙長大的，又哪裡會懂得民間的疾苦？

李爲見周宣沉就不語，又趕緊道：「宣哥，我也跟你直說，不管你願不願意，答不答應，我反正是認定了，如果你們不同意，我就……」

周宣哼了哼，說道：「你就怎麼樣？我不同意，難道你還能帶小瑩私奔不成？別的我不敢說，我妹妹我可是有把握，我跟父母要是不同意，她絕對不會跟你走！」

李爲還真是有些傻眼，周宣說得沒錯，如果他跟他父母不同意，周瑩確實不會同意跟他私下裏怎麼樣，周瑩也擔心家裏會不同意，因爲兩人的地位懸殊實在太大。

李爲本來是想先通過周宣跟周宣父母這一關的，沒想到算盤落空了。看來，如今面臨的第一個問題就是，李爲必須首先把他老子跟爺爺的這一關打通，然後才能跟周宣再談這件事！

李爲還想再說什麼，周洪已經開車過來了，車仍然是昨天送他回來時的那輛普通車牌的奧迪。李爲想再說什麼就不好意思說了，只得悶悶地跟著上了車。

周洪一邊開車，一邊笑笑著說道：「周先生，我們局長對你好像挺特別的啊！」

周宣淡淡笑了笑，也沒解釋。

李爲沒有注意周洪說什麼，只是埋頭想著自己跟周瑩的事要怎麼進行。

周洪說歸說，但心裏卻在猜測著周宣的身分，周宣這棟宏城花園的別墅最少價值幾千萬，想必身家絕對過億的。

到了分局，傅遠山居然親自在大廳等候著。周宣和李爲一下車，傅遠山就親熱地迎上來，笑呵呵地道：「小周兄弟，事情都如你所說，沒辦法，只能又把你叫來了，這大冬天的，還得讓你跟我到鄴市一趟。」

「去鄴市？」李爲一怔，當即道：「老傅，你是這兒的頭頭對吧，別這那的，趕緊把吳建國給我找來，我手癢，今天啥事也不想幹，就想找他鬆鬆骨頭！」

傅遠山愣了愣，訕訕地笑了笑，有些不知所措。

周宣喝道：「你瞎說什麼呢，老實點，要不你就回去！」

李爲嘀咕道：「不說就不說嘛！」

對傅遠山他敢撒野，但對周宣他可就不敢了。以前他是被周宣奇特的能力所震住，而現在呢，他想把周瑩娶回家，周宣可是大舅子，而且可以說是周家最具權威的一個人物，如果他同意了，那就萬事大吉了。

傅遠山是知道李爲的身分的，所以聽他說一堆囂張的話，也算不得什麼。但現在看到李爲被周宣訓了幾句後，就乖乖地站在他背後不說話，心裏就更覺著周宣不簡單了。

傅遠山把周宣拉到一旁，悄悄說道：

「小周兄弟，吳建國的事，不用明說，這小子平常就不幹好事，不是什麼好貨，治一治他是應該的，而且，他姑父何光偉這次也因爲這事受到了一些牽連，上面正查著呢，在這個時候，我們……呵呵，也不能做得太明顯了吧？」

這意思周宣當然明白，笑了笑道：「傅……局長，我們還是趕緊辦事吧，你叫我過來不就是要辦事的嗎？我們……可用不著客氣了！」

「是是是……小周兄弟說得是！」

傅遠山一怔，隨即笑呵呵地回答著，周宣在有人在場時，也不稱呼他「傅大哥，傅哥」

什麼的，就是不想讓外人知道他們的關係，對他影響不好。

傅遠山仍舊安排周洪帶了四五名刑警，開了一輛麵包車，一輛巡警車，周宣和李爲跟傅遠山一起坐麵包車，周洪和三名刑警坐另一輛車。

出了市區上到高速公路後，到鄰市只有八十多公里。他們的車速超過了一百邁，不到一個小時就到了鄰市。

周洪早打了電話聯繫了市裡的警察局，那邊也來了人接待。傅遠山吩咐直接到發現計程車的現場去，不到警察局客套。

張成的計程車是在市城郊邊緣的一個修車廠，原因是有個人把這輛車開來重新噴漆，而且車沒有車牌，也沒有計程車的標誌，油漆師傅噴漆的時候，在後車箱裏發現了一把砍刀，車箱裏還有一些乾涸了的血跡，最主要的是，在車箱角落裏還發現了一根人手指。

起初油漆師傅以爲是玩具人手，拿起來看才發現是真人的手指，這才感覺到問題不簡單，就趕緊報了案。

這邊的員警一接到報案，當即派人把開車來的人抓了起來，不過訊問後卻沒有任何發現，因爲這個車主是在黑市買的車，車才花了五千塊錢，賣家是什麼人他也不認識，只因貪便宜才買了這輛車，而現在買被竊車和走私車的人多的是，誰知道這車會有什麼樣的來歷？

不過，這邊的警方在網路上的資料中發現，京城的一輛失蹤的計程車跟這輛車完全一樣，所以才向京城警方聯繫，傅遠山得到消息後，就給周宣打了電話。

修車廠在報案後就沒再動這輛車，警方來到後，隨即也控管起來。

傅遠山和周宣、周洪七八個人一到，當即對這輛車進行檢測，先由周洪幾個刑警檢查了一遍，然後把這根手指用塑膠袋封裝起來。

因爲很多細節必需要通過技術鑑定才能得到結果，爲了保存第一手的完整性，周洪提議要這邊的警方找一輛拖車，把這輛車拖回去。

周宣向傅遠山微做一笑，傅遠山明白他的意思，當即吩咐周洪帶所有人到廠外邊等候，他要和周宣在裏面聊一聊。

周宣讓李爲也跟他們一起出去，李爲不知道周宣要搞什麼鬼，但周宣的話他不敢違抗，只得老老實實地跟著出去。

等到眾人都出去後，周宣也不跟傅遠山多說，直接就到車旁。有了昨晚試驗得到的經驗，周宣很熟練地運起冰氣測起來。

冰氣在車身上一接觸，腦子裏便閃閃爍爍地出現一些畫面，有修車廠員工的，也有別人的，但最多的就是那個兇手的畫面，但至始至終都沒有看到受害人張成的畫面，不過這也不奇怪，因爲這輛車已經被搶超過半個月了，測不到也很正常。

但是光測到那個兇手的畫面也沒有什麼用處，周宣努力地細細審視起來，這個過程相當費力，有點像給老爺子治療癌症的情形。

不知是不是這種能力要直接耗費腦力的原因，周宣感覺自己的精力損耗極爲劇烈，如果不是最近從晶體中把冰氣增漲迅猛精純，恐怕就不能支持下去了。前一天在橋上測那具屍體時，不就曾經因爲冰氣損耗劇烈而流鼻血！

周宣測了一陣，卻始終沒有得到那兇手精確的落腳之處，皺著眉頭想了想，忽然想起，自己測的只是車外邊，兇手接觸得最多的應該是駕駛座那裏吧？

想到這裏，周宣趕緊轉到車頭邊，打開車門坐進駕駛座上，雙手握著方向盤，冰氣一運起，周宣腦子中忽然強烈清楚地得到兇手的畫面，趕緊閉了眼細細審核這些畫面，看看能不能得到兇手居住或者停留的地方。

當周宣全力運氣感覺的時候，腦中立刻得到了比剛才在車外更清楚得多的畫面！

不過周宣想要的不是這個兇手臉面的圖像，而是要他確切的住址，這才是目的。因爲兇手的畫像已經得到了，但因他不是有案底的慣犯，要從十三億多的龐大人口中搜尋出那個兇手，的確是很困難的。

不要說是全國十幾億的人口中，就算縮小範圍，以京城過千萬的人口中比對查尋，那也不是一個輕易的工作。而且，如果這個兇手不是本地人，也沒在京城的暫住人口中登記，那就更難查出了，如果要一個一個人地查驗核對，把全局的人力調來花一年也做不出來！

周宣在測這些資訊圖像時，對冰氣的損耗極爲巨大，但冰氣也明顯比以往更加耐用持久，這都源於周宣每晚在晶體中吸收精純冰氣的結果。

從腦子中閃現不絕的圖片圖像中，周宣慢慢地搜尋著有用的線索。

傅遠山在車外盯著周宣，有些緊張，他也說不準周宣到底是真有這種能力呢，還是裝腔作勢假裝的，但之前確實又得到了讓他不得不信的結果，以他的眼力和腦力，要想騙倒他可也不是容易的事。

再者，周宣在前一次探測那具屍體的時候，看樣子很吃力，連鼻血都流出來了，這麼費力只爲騙人，想來也太不划算了。

周宣在梳理腦子中的畫面，就像是在看電視一樣，畫面很多但很雜亂，周宣正覺得快承受不住的時候，忽然看到一幅兇手在酒店櫃臺登記的畫面！

周宣這一喜非同小可，當即盡力運起冰氣，把精力全集中在櫃臺的登記上，努力查找櫃臺小姐登記兇手的身分記錄。

周宣把登記時的畫面搜索出來後，努力把它定格住，腦力仔細辨認櫃臺小姐手中拿著的那個身分證，把身分證上面的名字和地址都記下來後，再往後一點，把兇手住的酒店房號也記下來，然後才收回冰氣。

周宣運氣恢復了一陣子，睜開眼後，才發現傅遠山正擔心地在車外盯著他。

笑了笑，周宣才說道：「老傅哥，不知道對案子用處大不大，我得到了一些資訊，兇手曾經在一周前，在凱悅酒店一六〇四號房住過，兇手登記那間酒店用的名字，叫做朱堅強，是……」

接下來，周宣就把兇手身分證上面的地址說了出來，但不能肯定這是不是兇手的真實身分，因爲用假身分證的事很平常。

傅遠山一愣，隨即掏出筆來，把這些資訊記下來。

說實話，傅遠山的心裏是又驚又喜、又信又疑的，如果周宣提供的訊息是真的，那不管兇手的身分是真是假，都是極有用處的資訊。

傅遠山把登記好的小本子放進衣袋裏，然後把外面的周洪等人叫進來，想了想才吩咐他：「周洪，你馬上通知局裏，調查朱堅強這個人，再配合那張圖片，還有，周洪，你對這兒熟不熟？」

「這兒？」周洪怔了怔，然後回答道：「還可以，查案時與這邊也打過好幾次交道。」

「那好，知道凱悅酒店嗎？」傅遠山問道：「這樣吧，你先跟這邊的警方瞭解溝通一下，看看有沒有凱悅酒店！」

周洪趕緊又把在車廠外邊等候著的警方負責人叫過來，詢問了一下，這邊還真有凱悅酒店，三星級的。

傅遠山一聽就思索起來，沉吟了好一陣才說道：

「是這樣的，我們得到一條線索，這輛車的背後牽涉到一件分屍案，嫌疑犯有可能在凱悅酒店的一六〇四號房住過，但是不肯定現在還在不在這個酒店中。鑑於嫌犯是極度危險的人物，所以我們要做好一切準備防範措施，我想，你還是聯繫你們上級，把這個情況報告一下，然後咱們一起到凱悅酒店進行秘密搜查，如果嫌犯還在的話，立刻進行逮捕！」

那員警怔了怔，本以為只是一般失竊的偷車案，哪知道會牽扯出這麼大的問題來，再說，也有些奇怪，他們又是如何得到嫌疑犯在凱悅酒店的消息？

但傅遠山的級別比他們高得多，又是京城過來的，當即到一邊趕緊打電話彙報到局裏。

而周洪也是詫異不已，以前傅遠山讓他們成立專案小組後，通常他們都會忙得焦頭爛額，哪像現在，什麼事都是傅遠山自己親自處理，他們只是替他跑腿，吩咐他幹什麼就幹什麼，做的事也都是跟著傅遠山的步子在走！

而傅遠山吩咐的這些事也很奇怪，根本就沒有半分徵兆，說來就跟著來，彷彿是盲目而行，但卻又偏偏能得到意想不到的結果，比如之前在西春河撈起屍體，這顯然是無頭無影的事，但卻真的打撈出屍體來。今天呢？能不能在凱悅酒店查到什麼？真有這個嫌犯嗎？那幾張畫像也是真的嗎？傅局長又怎麼會莫明其妙弄出這些來的？

一切都像是變魔術一般，周洪甚至有一種一切盡在傅遠山這個局長的掌握之中的念頭！

鄰市的分局接到彙報後，不敢怠慢，當即安排了刑警組織人手過來，還調集了四名狙擊手過來，一邊又讓先頭趕赴過去的便衣員警通知凱悅酒店高層，儘量暗中把客人分散出來。

傅遠山得到答覆後，立即帶了修車廠的十幾名員警往凱悅酒店趕過去。

凱悅酒店的經理已經由便衣員警暗中聯繫通知了，在等到傅遠山和周宣等人趕到後，立即把他們幾個帶到監控室，調集了之前的錄影帶出來。

因爲周洪帶有嫌犯畫像，而從櫃臺查找也有記錄，有名有姓的，一查就明白，確實有朱堅強這個客人入住，也確實是住一六〇四號房。

也是運氣好，酒店的錄影存檔一般只保存一個星期，本來今天就要刪除上一周的錄影，警方過來一說，剛好截留下來。

一瞧到錄影帶上那個嫌犯的面孔，雖然不是很清晰，但傅遠山和周洪都驚喜起來，幾乎都可以肯定，這個人就是在局裏列印出來的那個兇嫌！

不過，酒店的經理告訴他們，這個叫朱堅強的人，已經在今天中午退房走了！

這讓傅遠山心頭一涼，而在這個時候，周洪又接到京城分局打過來的電話，朱堅強的身分證是真的，但卻與兇犯的相貌不一樣，據真正的朱堅強本人說，他的身分證在半年前就已經被偷了。

傅遠山摸著下巴，瞇著眼沉思著，周宣的能力他幾乎可以百分之百相信了，如果能依靠周宣這種超強奇特的能力，他的很多案子應該都能破了。

傅遠山今年四十九歲，如果沒有很好的後臺，沒有很好的政績，就這樣平淡的過，十年後退休，最多只能混個正廳級官階。

但現在就不同了，雖然他從沒想過要在仕途上飛黃騰達，但如果有周宣在背後幫助他，以他這種能力，別說找李家魏家這種強援了，就是只以他自身的能力來幫助他，傅遠山不用五年就能升上一級。像他這種年齡，可以算是年富力強，但若不能及時踏過現在這道門坎，那他的前途，基本上算到此爲止了。

別看正廳副廳只是一級之差，但全國幾十萬的副廳官員費了一輩子心力，都無法踏過這道門坎。可是只要跨過這道關卡，如果年齡沒超過五十，那他的前途就是一片光明啊！

傅遠山想要在一年內升上正廳，是有些不大現實，但五年內就不奇怪了，以周宣現在這種神奇之極的能力手段，要是能破幾樁大案，那他們東城分局的業績在全市七個分局之間名列前茅，一點也不奇怪。

沒看市警局的楊副局長前個月剛退休，這個缺，各大分局有希望升級的人都在盯著呢！

「局長，局長……」

就在傅遠山還在沉思著的時候，周洪悄悄湊上前問道：「局長，要不要到一六〇四號房間檢查一下？」

檢查當然是要的，周洪也知道他們的程序，只是提醒一下傅遠山，看他需不需要親自到一六〇四號房去一趟！

傅遠山側頭瞧了瞧周宣，周宣微微點頭示意了一下，當即揮揮手，說道：「走，到一六〇四號房！」

因爲兇犯已經不在凱悅酒店中了，他們也就沒有必要再保持隱秘，跟著帶路的經理一起到大廳進入電梯，上到十六樓。

出了電梯，走道是紅色的地毯，一排兩邊是房間，左面是單號，右面是雙號，在右面第二間就是一六〇四號房。本來這間房剛剛有客人入住了，但警方趕到後，酒店立刻就把這個客人的房間換了。

一六〇四號房是一間標準雙人房，兩張床，房價是四百六十八元，配置還算不錯。

因爲從櫃臺和酒店經理那兒知道，嫌犯是今天才退房的，並沒有第二個客人入住，傅遠山當即想到，要保有嫌犯在房間的第一手現場，那就最好不要讓更多的人進房間，以免破壞現場，而且周宣的那個能力也不適合讓更多人見到。

傅遠山當即對周洪說道：「周洪，你們就在房間外守候，不要讓任何人進來。」隨後就跟周宣兩個人進入房間裏。

進入房內後，傅遠山立刻把房門緊緊關上了。

周洪雖然沒說話，但心裏卻嘀咕著，傅局長這是怎麼回事？什麼事都不要他插手不說，又什麼事都要把這個周宣帶在一起，那還要他們幹什麼？

進入房間後，傅遠山還在慶幸來得剛剛好，這房間的第一手現場還在，但周宣運起冰氣一測，卻是很失望，測來測去，房間中的這些東西殘留的資訊很微弱，大多數都是酒店服務員的畫面影像。

周宣想了想，對傅遠山道：「傅老哥，這房間已經被清潔人員清掃過了，這酒店的清潔人員也太敬業了，打掃得十分乾淨，床上的用品都是換洗乾淨的，臺子桌子也都擦拭清洗過，我得不到什麼有用的資訊。」

傅遠山一怔，隨即想起，趕緊又把門外等候著的酒店經理叫進來，問道：「經理，這房間裏的床單被罩都是剛換過的，之前用過的，你馬上叫服務員拿過來。」

那經理不知道要舊被單有什麼用，但不敢不依從，反正警察的事情他也不想多瞭解，儘量配合警方把事情做完就得了，否則他們這兒怎麼安心做生意啊！

那經理立即就用對講機通知十六樓的清潔人員，把更換的被單、被罩送過來，但那清潔員回答道：「經理，十六樓的被單、被罩，我一共拆了十一個房間的，您要一套還是全部？因爲都堆在一起，一模一樣的，已經分不出是哪一間房的，正準備要送到洗衣部！」

透過對講機的聲音，清潔人員的話，在場的人都聽得很清楚，也不用那經理再轉述。

傅遠山直擺手，吩咐那經理道：「馬上通知那個清潔人員，看守好那些被單被罩，我們馬上過去。」

傅遠山不再多說，指指前邊，那經理趕緊又在前頭帶路，到了四樓的清潔部。推車裏面裝滿了被單、被罩和浴巾，四五個清潔人員正守在那兒。

其中一個見到經理帶著傅遠山這些人進來，馬上就指著右邊角落中的三輛推車說道：「經理，十六樓的都在這裏了，還要不要別的樓層的？」

傅遠山擺擺手，說道：「行了行了，你們全部都出去，在外邊等著，沒我的允許不准進來！」

周洪想問一下，傅遠山根本就沒給他機會，直接把他們幾個員警也都叫了出去。

周洪一邊出去一邊哼哼著，難道從這些被單被罩中還能找出寶來不成？再說這麼多，又怎麼知道哪一床是一六〇四房的？

等其他人都出去後，周宣不用傅遠山吩咐，也沒跟他多說廢話，直接到那幾輛推車邊運起冰氣探測起來。第一輛推車上沒測到兇手的畫面，在第二輛車上面探測時，周宣腦子裏馬上就閃現出那個兇手的畫面來，一得到這個兇手的畫面時，周宣的精神馬上就振作起來。又閉上了眼，周宣全力運起冰氣探測，這些被單上殘留的資訊比那輛計程車上要強烈得多，這些被單上是那個兇手一個人的殘留氣息，而且未經破壞過的，所以周宣得到的訊息很清晰。

傅遠山一瞧周宣這樣子，心裏便知道有戲了。

周宣在這些畫面中搜尋著有用的線索，有兇手吃飯睡覺、洗澡開車的畫面，但都沒有這個人固定的住址。

周宣把這些影像整理一遍後，抬起頭對傅遠山攤了攤手，說道：

「老傅哥，我得到的線索就只有這個兇手洗澡打電話什麼的畫面，沒有其他更有用的資訊。」

傅遠山安慰著周宣，「沒關係，這事也急不來的，我跟你說吧，每一件大案，都是花了無數的人力物力才搞定的，也沒有哪件案子一兩天就能破案的。這件案子從撈起屍體後，又得到兇手和受害人的確切相貌，這已經是個奇蹟了，所以我說，別急，急也急不來！」

傅遠山一說到這兒，忽然想起了一件事，又似乎忘了，盯著周宣問道：

「兄弟，你剛才說什麼來著？」

周宣一怔，然後笑了笑道：「你跟我說叫我別急啊，大案子都是費時費力花了無數人力物力才破得了案的！」

「不不不，不是這個！」傅遠山連連搖手，「我是問，你剛剛說過什麼了？」

「我剛才？」周宣一怔，回憶起剛才自己說的話，笑笑道：「我也沒說什麼啊，好像是說……我是說兇手的事吧，說兇手就洗澡打電話什麼的……」

「對對對，就這個！」傅遠山興奮地一把拉著他的手，急道：「就是這個，之前你在車上就得到那兇手在這間凱悅酒店登記時的資訊，你再仔細想一想，看看能不能得到那個兇手打電話時所撥的電話號碼？」

傅遠山說的話讓周宣怔了怔，隨即恍然大悟，連連點頭：

「對對對，我怎麼沒想到這個呢，老傅哥，你等一下，讓我看看！」

說著，周宣閉上眼又探測起來，把畫面停留在那個兇手在手機上按號碼的地方，仔細想了一陣，然後睜眼對傅遠山急道：「老傅哥，筆，筆！」

傅遠山趕緊從上衣口袋裏掏出筆和紙來，周宣偏著頭念道：

「一三六……四……二一……」

周宣把號碼一個一個地說出來後，歇了一陣，才又問道：「老哥，這號碼有用嗎？」

傅遠山一邊揣著鋼筆，一邊向外面道：「周洪，周洪……」

周洪趕緊跑了進來，急道：「局長，什麼事？」

傅遠山把紙條遞給他，指著紙條上的號碼說道：

「周洪，馬上讓局裏查一下這個號碼，讓局裏的人把這個號碼近一個月所有通話記錄都查出來，人名，地址，身分，通通給我查清！」

接著，傅遠山吩咐隨行的員警，馬上開車返回京城。

上了車後，傅遠山才又撥了一個電話。

「鄭局長，我，傅遠山，我有個案子需要監聽一個電話，向您申請批示！」

聽到傅遠山的電話內容，周宣也有些詫異，平時還以為警察局想監聽誰的電話就可以監聽誰的，今天看來，跟他想像的遠為不符。以傅遠山的級別算是很高了，但監聽一個人的電話都還要向更高層彙報請示。

第一三五章

親上加親

他跟老爺子商量過了，原本想跟周宣更近地拉好關係，
而現在李為喜歡上了周瑩，周瑩也喜歡他，那就好說了，
這是求之不得的事，兩家親上加親，以後可是一家人了，
一家人的事，那還用說什麼？

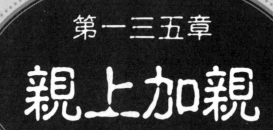

在高速公路上費了四十分鐘，進入京城東城區回到分局後，局裏的工作人員已經把這個號碼和有關聯的號碼都查清楚列印了出來。

手機號碼的主人名叫王思德，從電信局得到的身分資料，這個王思德是天津人。有了確切的身分就好辦了，把調集出來的身分資料一比對，王思德的身分是真的，而且警局系統的身分相片和周宣提供的那個兇手相片完全一樣。

到這裏，傅遠山完全相信了周宣的測試結果，也相信周宣所說的話完全都是真的了。在確定王思德的身分後，傅遠山立即在局裏召集得力手下召開秘密會議，周宣到這時基本上就算是功成身退，可以跟傅遠山告別了。

傅遠山也沒有留他，這件案子到現在大致上算是破了，就只等把王思德抓捕歸案。傅遠山現在顯然沒有時間陪周宣，周宣既然這麼大力幫他，當然也不會在意這時的冷落了。

出了公安局大門，李爲嘀咕著：「宣哥，這老傅真不夠意思，你跟著跑了這麼大半天，回來就把我們扔一邊不理了，連車都不派一輛！」

「他不是不派，也不是冷落我們！」周宣笑笑道，「呵呵，老傅這是破案興奮的，後面要做的事還多，案子只是有了眉目，但沒抓到人就不算破案，所以他情急之下想不到別的，也情有可原嘛。招呼我們是小事，爲人哪能那麼小氣？」

「你是大哥，你說了算，我還能怎樣？」李爲小聲嘀咕著。

周宣淡淡一笑，李爲的話讓他倒是想起來，他跟周瑩的事還是個問題。

想到這裏，周宣又不禁發起愁來，妹妹是個沒見過世面，又純樸得跟一張白紙一樣的女孩子，經不起情感上的折騰，可這事，他卻是有力使不上了！

想了一會兒，周宣又斜眼瞧著李爲正盯著他，忍不住道：「從現在起，你回你家，我回我家，你別跟著我，你把事辦好了才准到我家來，否則……否則……」

說到這兒，停了停，周宣才狠狠地說道：「否則就別到我家來！」

這話雖然說得狠，但話中的意思倒是明顯有些色厲內荏！

李爲本來是想耍賴跟過去，心裏想見周瑩了，但瞧這個樣子，跟過去怕也是沒好臉色，想了想，還是認了，先攔了輛計程車，請周宣上了車，然後關上門讓他先走。

計程車開走後，周宣從倒後鏡裏瞧著李爲的身影，忍不住又氣又笑。不得不承認，自己很喜歡他，雖然他做事魯莽，但本性卻很善良，不像一般的高官後代，只是他大手大腳的性格得好好收斂一番，否則小妹可是看不慣！

天氣冷，家裏空調開得很足，一進門，周宣就覺得廳裏一股暖流迎面而來。

周瑩這兩天給傅盈留在家裏不讓上班，在家裏，幾個女人一起看電視聊天。周宣回來後，看見周瑩臉色如常，沒有那天留下來的陰影，心裏放心了些。

傅盈向他身後瞧了瞧，有些詫異地問道：「李爲呢，他跟你焦不離孟，孟不離焦的，怎麼沒一起回來？」

周宣哼了哼，道：「他跟我回來幹什麼？」

傅盈也道：「你發什麼脾氣？我見李爲早把我們這兒當成自己的家了，他哪天不在我們這兒？今天倒是奇怪了，怎麼就沒來呢？」

周宣聽她這麼說，心裏一動，瞄了瞄妹妹，卻見周瑩也在望著他，兩人視線一碰，周瑩臉一紅，趕緊把眼神閃了開去。

這分明有鬼！以前周瑩哪裡會怕他？看到他就膩著不放，今天卻十分反常！

周宣嘆了口氣，看來妹妹跟李爲之間確實有那麼些關係，不過這事他也不好意思問，一時間也不知道應該怎麼辦，揉了揉臉，然後說道：

「我有點累，先上去睡了，晚飯的時候叫我！」

傅盈瞧著他上樓的背影怔了一下，這周宣可有些古怪了，好像有什麼心事一樣。

周宣回到房間裏，思來想去，半天也定不下心來，一心只想著妹妹這件事。李雷和老李都不錯，人家位高權重，對他也沒見外，但李爲跟周瑩的事又不同，他是老李的救命恩人，但跟兒女親事卻扯不到一塊兒，老李家能同意李爲跟自己這種普通家庭的女孩在一起嗎？

煩心歸煩心，想歸想，事情也見得不到解決。想了一會兒，周宣乾脆甩甩頭拋開這事，從抽屜裏把晶體拿出來，又練了兩個小時的冰氣，不過心裏有事，這冰氣練下來也沒什麼進展。

接下來兩天裏，李爲出奇地沒有過來報到，周宣更是眉頭緊鎖，難道老李家因爲反對這事，甚至把李爲都關起來了？

周宣在這兩天，又瞧見妹妹也是無精打采的，幹什麼事都是心不在焉的，周宣更是心裏不好受，看來妹妹也喜歡上李爲那小子了，如果不喜歡他，這事也好辦，趁感情還沒有發生就了斷更好！

李爲沒有過來，也沒有電話，傅遠山那邊也沒有電話過來，也不知道王思德抓到了沒有？周宣掏出手機來，想給傅遠山打個電話問一下，反正心裏也悶得慌，要不就到他那兒去逛一下，能給他幫一點忙，有事做一下，散一下心也好。

在手機電話簿裏翻傅遠山的電話時，手機忽然響了起來，周宣猝不及防，嚇了一大跳，差點把手機都掉地上了！抓穩了手機瞧瞧來電顯示，是老李家的電話。

周宣一怔，糟了，老李？愣了一會兒，這才定下神來把電話接了。

電話裏不是老李的聲音，而是李雷的聲音！

「小周兄……這個小周……，李爲這混賬……我……我…我還是派人過來接你到家裏來，咳咳……這事在電話裏不好說，到家裏來說吧！」

周宣還沒回答，李雷就趕緊把電話掛斷了。周宣心裏七上八下的，要是自己的事，倒還不會這麼擔心，但妹妹的事哪能不擔心啊？

聽李雷的口氣不大對勁，加上這兩天李爲都沒露面，周宣覺得有種不祥的感覺！

李雷派來的人很快就到了，車停在別墅門口，周宣認得，是老李的警衛。

周宣上了車，那警衛啥話也不說，直接開了車就走。

在路上，周宣試探著問了幾句，但那警衛什麼事都說不知道！

周宣還是第一次來李雷家，上一次老李的事過後，李雷來找周宣過去，但周宣沒去成，因而也認識了李爲這個拼命三郎。

老李就李雷一個兒子，但李雷卻有三個兒子。老李是一直跟兒子孫子住一起的，李雷的大兒子、二兒子，一個在外地做副市長，一個在部隊任團長，都成家了，各自在各自的地方住，並沒有跟李雷住一起，只有李爲這個無所事事的主兒，一直跟李雷和老李住一起。因爲老李和李雷的身分，他們家的住址是在管制區內。

這一區域的房子，基本上都是一棟棟三層樓的小洋房，不用想，周宣也猜得到，住這些地方的人家肯定都是跺一跺腳，地都得抖一抖的重量級人物！

那警衛把車開到一棟房子門前，然後下車恭敬地拉開車門請周宣下車，之後又打開小洋房的大門，請周宣進去。

客廳裏坐著四個人：老李，李雷，李爲，周宣是認識的，還有一個五十歲左右的女子，大概是李爲的媽媽，李雷的妻子。

一看到周宣進門，老李一家人都站起身來，尤其是老李和李雷，趕緊走過來迎接。

老李拉著周宣的手，一邊往沙發邊拉，一邊說道：

「小周啊，幾次請你過來，你都沒有空，今天終於來了，來來來，先坐下先坐下！」

那警衛難得見到老李也有這麼熱情動容的時候。

老李這麼熱情，李雷反而不好再做別的動作，只是笑呵呵地跟著回到沙發邊。

周宣坐下來，老李熱情的表情絕不像是假裝出來的，雖然他認識老李的時間也不是很長，但對這個老人，周宣是很尊重很喜歡的。

老李是軍人出身，性情耿直，周宣幾乎沒見過老李把心事藏在心裏過，心裡怎麼想的，就會直接在臉上表現出來。

「小周，今天把你請過來，是不得已的。要是平時，我們把你請來也就是聊聊天，玩一玩，但今天，是因爲李爲這個小子的事！」

老李果然不藏話，雖然說得很爲難，但依舊把話直接說了出來，而旁邊的李雷也有些訕訕然，顯得很不好意思。

周宣心裏一陣打鼓，瞧了瞧在一旁的李爲，只見這小子頗爲可憐地望著他，也不知道老李和李雷這父子倆究竟是什麼意思！

「老爺子，李大哥，你們有話就直說，我也不是個喜歡轉彎抹角的人！」到了這個時候，周宣也不再多想，怎麼樣就怎麼樣吧，感情的事也不比別的事，這件事不弄清楚也不是辦法。

老李嘆了一聲，然後才說道：「小周啊，李爲這小子可是把我鬧了個灰頭土臉的，你救了我這條老命，我卻愧對你啊！」

老李的話說得很誠懇，但周宣還是搞不清楚老李的意圖，是不同意李爲跟妹妹的事而覺得有愧呢，還是什麼？

周宣不明白，這個時候也不好說什麼，只好悶著不說話；而平時話多的李爲，這時卻是很老實的沉默不語，李雷也緊閉著嘴，這一切都讓周宣覺得很不好過。

「小周，我跟魏老兩個人都把你當忘年交看待，你又是我們的救命恩人，臨到老來才知生命的可貴，也才更覺得你的了不起！」老李嘆著氣，又指著李爲說：「這小子，前兩天回來跟我和李雷說，他有女朋友了，想要結婚，這本來是好事，只要覺得合適，我們也不想做太多反對，但李爲這渾小子說……說……」

老李脹紅了臉，遲疑了好幾下才說出來：

「這渾小子說，是要跟你的妹妹周瑩結婚，你說……你說……這渾小子，哪個女孩子不好找，偏要去招惹你的妹妹？」

周宣心裏一沉，老李這話是什麼意思？是覺得妹妹周瑩不配李爲？聽老李的話意似乎是這樣！

老李又說道：「我一聽氣壞了，這兩天把這渾小子關在家裏，讓他老子嚴刑拷打，逼問實話，這渾小子就是一口咬定，這次是認真的，非周瑩不娶，要真是這樣，那我心裏也好受了些！」

周宣到這時，都還沒有聽出老李的意思來，到底是要反對，還是責難？

「小周啊！」老李又沉沉地道：「你對我老李，是救命的大恩，按理來說，只要我老李家上上下下辦得到的，任何事都要爲你辦。李爲這孫子，我是看著長大的，人是不壞，只是魯莽單純了些，你們家周瑩呢，我沒見過，但我聽李爲和李雷說過，是個純樸的好孩子，李爲雖然不壞，但在感情上的事花心了些，如果他是個踏踏實實的人，那我也很放心，但這麼個花花腸子的渾小子，我哪裡能放心？這渾小子一說這事，我這兩天飯也吃不下，覺也睡不香，把這渾小子逼來問去，到今天，他給我和他老子下了保證書了，我這才放心。因爲十分顧及我跟你的這份忘年交的感情，絕不容許任何人來破壞，看到這渾小子是認真的，我這老頭才放了心，小周……」

老李說到這兒，微笑瞧著周宣又道：「小周，我們家渾小子保證了，我在這兒也跟你保證，如果李為跟周瑩兩個人都彼此同意，我就鄭重向你們家提個親，俗話說長兄如父，我聽李為說，周瑩自己是同意的，但說還要父母和哥哥的同意，所以我就厚著臉皮來跟你說，你要是同意的話，我們就來個親上加親！」

周宣這才明白老李原來是這個意思，這跟他的想法差不多，原來都是擔心李為的心思，大家都不放心他。

周宣想了想，又瞧了瞧李為和李雷夫妻，李為則是緊張地盯著他，又可憐又可笑的樣子，李雷夫妻卻是一副尷尬的樣子。

李雷隨即說道：「小周兄……」

說到這兒，似乎覺得不妥，趕緊又把「兄弟」兩個字吞了回去，又道：

「小周，我跟李為的意思，也跟咱家老爺子是一樣的，也覺得挺好，如果小周能同意，那就是件好事！」

周宣終於明白了老李一家子的意思，他一直擔心的就是老李跟李雷父子反對，但現在忽然得到父子兩個人的同意，腦子裏卻像是空空的，一時不知道說什麼好！

其實周宣並不喜歡妹妹嫁入李家這種家庭，但兩個人互相看對眼了也沒辦法，而且妹妹是第一次戀愛，要是受到傷害，受到打擊，可不比情場老手那般無所謂。

李雷一直瞧著周宣的表情，周宣則是沉思著沒表態。李爲回來已經向他和老爺子說過，周宣表示，只要他是真心實意的，家裏老爺子跟他父母也同意，這事就算成了。所以，李雷猜想周宣這邊應該沒什麼問題。

他跟老爺子商量過了，原本想跟周宣更近地拉好關係，周宣的能耐他可是知道，雖然他不是官場上的人，但他有能力把更強的關係拉攏到一起，雖然他不想把周宣扯進官場的是非圈中，但有他在，就等於是一種保障，就像買了保險一樣，無後顧之憂！

而現在李爲這小子喜歡上了周瑩，周瑩也喜歡他，那就好說了，這是求之不得的事，兩家親上加親，以後可是一家人了，一家人的事，那還用說什麼？雖然跟周宣認識不久，但李雷卻很明白周宣的性情，吃軟不吃硬，你對他敬一尺，他就對你敬一丈，這樣的人，就是交朋友，那也是肝膽相照的生死朋友！

「小周，如果你跟你父母不反對，我想這事就這麼決定了，我們就按規矩來辦事！」李雷對著周宣說著。

看周宣的表情不像是反對的樣子，他乾脆趁熱打鐵。

「按京城這邊的規矩也行，按你們那邊老家的習俗來辦也行，我先請個媒人正式向你父母提親，然後再訂婚，結婚！」

周宣一時不知道說什麼好，怔了怔說道，「這個……我……我還得回去問一下父母的意思……」

看周宣這種猶豫不決的語氣，李爲一下子急了，趕緊道：

「宣哥，你可是答應過我，說只要我家裏爺爺跟我老子同意，你就答應，你可不能說話不算話啊，你你……」

李爲一副臉紅脖子粗的樣子，周宣哪裡料到他情急之下，竟把他倆私下裏的話當著一大家人的面都抖了出來，臉上也訕訕地不好意思起來。

「渾小子，你給我滾！」老爺子怕周宣臉上掛不住，當即給他解圍，而且聽周宣的語氣，似乎對李爲和他妹妹這件事並不持反對意見，心情頓時好起來，口裏雖然罵著李爲，但語氣卻是歡喜的。

周宣也從這個氣氛中感覺得到，老爺子就不用說了，李雷從稱呼他的語氣中他能覺察到，李雷現在都不叫他爲「小周兄弟」了，這個是最明顯的變化，要是不在意他的話，那就不會讓周宣有這種感覺了。

李雷見事情基本上算是解決了，笑呵呵地對妻子說道：「去去，去廚房裏幫幫忙！」

李爲似乎也有些猶豫地不願出去，但老李還是把他趕出去了。現在客廳裏只剩下他、李雷和周宣三個人。事情雖然已經擺到桌面上了，而且似乎也沒有什麼阻礙，但空氣中莫明有一種奇怪的氣氛，三個人都是尷尬地笑著，又不知道說什麼好。

直到管家和李爲的媽把菜擺到餐廳，來叫他們吃飯的時候，三個人才如釋重負一般，笑著都到餐廳裏。

老李家很傳統，添了周宣這個貴客，菜依然是六菜一湯，雞鴨魚肉，也沒有什麼特別的，難怪李爲經常在外面吃喝。李家可不像魏海洪那兒，李家是李雷當家，老爺子又是軍人作風，節儉慣了，最不喜歡的就是奢侈浪費，李爲是李家最沒有發言權的人，他想怎麼樣，基本上就被無視了。

而魏家魏海洪就不同了，因爲他跟老大、老二、老爺子都不住在一起，而且他本人事業有成，又沒人管，自然就不會受那些拘束了，奢華是他的本性，所以魏老爺子老是罵他，不跟他一起住。只是自從魏海洪結識周宣後，老爺子對魏海洪就改變了很多，也由得他去了。

一頓飯吃完，周宣想要提前回去，正考慮著怎麼說時，手機響了。

這一回倒真是傅遠山的電話來了。

「兄弟，王思德抓到了！」在電話裏，傅遠山的語氣又興奮又激動。

「真的？太好了！」周宣笑著說道：「老哥，恭喜你啊，還有什麼事需要我幫忙的？」

周宣心想：犯人雖然抓到了，但這件案子可不像別的案子，人家破案是有證據，一步一步破案的，抓到案犯審理一下就算完事了，但這件案子，證據都是靠周宣腦中冰氣探測到的，雖是事實，卻不能拿來作爲呈堂證據，如果犯人堅不認罪伏法，那還是個難事，沒有確鑿的證據，怎麼定人家罪？

周宣這樣一問，傅遠山「啊」的一聲，隨即道：

「要啊，兄弟，這王思德很頑固，拒不認罪，問什麼都不說，像這種兇狠的殺人分屍犯，心理防線是很強的，因爲他知道，無論怎樣坦白，態度怎樣配合，結果都是一樣的，所以他就是擺明了死不認罪，只要我們沒有確切的證據，就拿他沒有辦法。」

周宣點點頭道：「我馬上過來！」說完掛了電話，然後對老李和李雷說道：「老爺子，李大……大……」

周宣準備叫李雷爲李大哥時，突然想到，如果以後李爲跟周瑩的事成了，那他就不能叫李雷大哥了，這叫慣了的稱呼一下子卻改不過來，尷尬了好一陣子，才說了出來：

「我有點事要回去了，就……」

李雷也是有些訕訕然，周宣一說起要走，馬上就對李爲道：「你送送……你送送……」

李爲當然是求之不得，拖著周宣就趕緊往廳外走，周宣耳力特別強，在門外還聽到老爺子跟李雷低聲地說著：

「李雷，你去找魏老三，這個媒人，得讓他當！」

出來的時候，李爲自己開了車，把周宣送到了東城公安辦事處。

周宣下車後，見李爲還想跟他一起，揮手便道：

「你快回去吧，你要是跟我一起，我怎麼好意思開口跟我爸媽說？周瑩也會不好意思，還是回去老老實實待在家裏，給你爸媽和爺爺好好表現一下吧。」

李爲本來是不願意的，但周宣這麼一說，現在這種緊要關頭，的確需要好好表現一下，不能再像以前那樣，像個沒家的浪子，既然想真正成家結婚，就得把心定下來，做個負責的男人。

「那我回去了，宣哥，你一有消息就告訴我……至少偷偷先告訴我一下，不然我可是覺也睡不著！」

周宣笑了笑，擺擺手，李爲放了心，周宣雖然沒有直接承認，但這個大舅子，八成他是當定了。

周宣跟傅遠山進進出出好多次，門口的警衛也認識他，一見到他當即堆起笑臉來迎接。

周宣到了辦公大樓，也沒要辦公大廳裏面的接待人員通知傅遠山，直接就進了電梯，上了十六樓。

周宣在傅遠山的辦公室門外敲了敲，然後推門進去。傅遠山正在說電話，見到他微笑著打了個手勢，然後繼續說電話，周宣也就在沙發上坐了下來。

傅遠山是在跟上級說案子的事，看來這件分屍案的影響還不小。

傅遠山打完電話後，走過來坐到周宣身邊，使勁拍了拍他的肩膀，說道：「兄弟，不好意思，還得把你拉過來，那王思德是抓到了，但拒不認罪，而我們又沒有確切的證據，很難辦。在他的老家也沒找到有用的證據，應該這樣說，他根本就沒有住在家裏，所以一定有另外的居處，但他不坦白，我們也找不到這個地方，也許在他的秘密住所會有證據！」

周宣點點頭，然後說道：「老哥，這樣吧，你們逮到人了那就好辦，你安排一下，我跟你單獨見一見這個傢伙，看看能不能從他身上得到什麼線索。」

周宣的話正合傅遠山的心意，他叫周宣過來，就是想讓周宣從王思德身上找到些資訊，如果不靠周宣的話，那這個案子恐怕很難再有進展。

傅遠山當即命令周洪把王思德從拘留室裏提出來，安排在審訊室中，然後才陪同周宣一起到審訊中去。

在門口，傅遠山把等候的員警叫到門外，然後跟周宣兩個人進到房間裏。

審訊室很封閉，房門關上後，外面的人是聽不到房間裏說話的。審訊室裏，王思德顯得很憔悴，手上腳上都戴著鐐銬，坐在審訊室中的一張椅子上。

傅遠山瞧了瞧周宣，周宣微微點了點頭。

王思德有些莫明其妙，從傅遠山的衣著服飾來看，他應該是自己見到的最高級別的官員了，但周宣就顯得普通多了，穿著一身便衣，可能是個普通警察，但傅遠山卻像是很在意這個年輕人一樣。

三個人相互盯視了一陣，雖然沒說話，但眼神中都是火星碰撞一般。

王思德滿不在乎地哼了哼，他反正就是來個死不認賬，死不開口，這些員警拿不到證據，也不能定他的刑。

傅遠山冷冷沉沉地開了口：「王思德，你可能以為拒不開口坦白就沒事了，再給你一次機會，證據我們有，但我們說出來跟你自己說出來，那可就是兩回事了！」

第一三六章

破案關鍵

傅遠山見王思德那茫然的表情，
以他的老經驗頓時明白，王思德是被真正拿住要害了，
他手中拿的這份周宣寫的資料，就是破案關鍵，
也就在這一刻，傅遠山也把他自己牢牢綁在了周宣身上！

王思德嘿嘿一聲冷笑，卻依舊不開口，眼神裏分明是一種輕視。從他的眼神裏很明顯看得出，傅遠山的話跟之前那些來審訊他的員警沒什麼兩樣，就是虛張聲勢！

周宣向傅遠山笑笑，也不說話，走到王思德身後。

王思德也不害怕，依舊盯著面前的傅遠山，心想：你們一個前一個後就能把我嚇唬到了？

周宣哪會去理會他的想法，伸出左手，輕輕按到王思德頭上，王思德毫不畏懼，說到底，他們也不敢就這樣把他殺了吧？

周宣冰氣一運起，左手輕輕貼著王思德的頭部，就在這一剎那間，周宣的腦子中就像放著快轉的電視一樣，無數的影像連串而至！

冰氣貼著王思德的頭，從他本人身上的氣息探測，那比他摸過留下的任何物體資訊都要來得強烈得多，在這短短的一會兒時間中，冰氣就測到了王思德至少是十五天之內的所有動向！

周宣鬆開了手，退開幾步，然後閉上眼，在屋角邊慢慢在腦子中重播起這些畫面來，尋找著對他最有用的資訊。

這些資訊當然有用，而且很有用，周宣一邊重播梳理，一邊倒抽著涼氣，等把所有訊息都梳理一遍過後，這才睜開眼來，然後對傅遠山點點頭。

傅遠山從周宣的表情就知道，周宣肯定從王思德身上得到了想要的東西，但周宣的表情太冷靜了，也不知道他得到的資訊有沒有特別大的用處！

周宣長長呼出了兩口氣後，伸手對傅遠山道：

「給我一枝筆和本子！」

傅遠山不作多想，從上衣口袋裏拿出筆，審訊室中的桌上就有記錄本，周宣接過筆，到桌前坐下來，然後把腦中見到的畫面一件件的寫了下來，這個時間幾乎花了四十分鐘，寫完後又仔細核對了一下，最後才遞給了傅遠山。

傅遠山見周宣一直埋頭苦寫，對面的王思德雖然很奇怪，不知道周宣在搞什麼鬼，但臉上卻不露怯色，心想：不管你們做什麼鬼動作，他都以不變應萬變，只要他不開口，警方就休想拿到他的破綻和證據！

傅遠山接過周宣寫的東西，凝神瞧了起來，開始還是沉著冷靜的表情，但看到後來，卻是臉上愀然變色，越來越動容，又驚又喜！

看完後，傅遠山臉上的表情無法形容，呆了一陣後才呵呵笑了起來！

又停了一陣子，傅遠山才又對王思德道：「王思德，我跟你說，這是你最後的機會了，別存僥倖的心理，我們已經掌握了你的全部證據，就看你自己的態度了。我還是那句話，你自己坦白出來，跟我們說出來，那可是兩種結果！」

王思德冷哼了哼，話不可一而再，再而三，說到三遍就無人聽了！

但王思德想歸想，心裏卻還是有一絲的慌亂，傅遠山現在說這話時的表情，跟剛進來跟他說話時的表情有很明顯的區別，這時的傅遠山明顯很有底氣，所以王思德有一絲心慌意亂！

不過，王思德依然不說話，傅遠山盯著他，嘿嘿笑了笑道：

「王思德，你要是一味拒不配合，一味的頑固，我可是警告過你了，別以爲你不開口，我們就拿你沒辦法，我就給你一個提示吧：在陵園西路梅花園社區四十八棟九層六座，你知道這個地方嗎？一月四號上午十點半，你搭乘號碼爲六XX的計程車到郊區沐香山做了些什麼，你還記得嗎？我還可以提醒你一下，在沐香山偏北斜坡的那個陷坑裏，你扔了什麼？還有，一月七號、一月十一號，你又幹了些什麼？我也同樣可以告訴你，這些事，我們都已經取得了確鑿的證據！」

王思德起初是一副無所謂的表情，但傅遠山這番話一說出來，便如同驚天動地的炸雷劈在了他頭上一般！

王思德幾乎是驚呆了！

也就在這一瞬間，王思德那似乎堅不可摧的抵抗信念，頓時如同山崩地裂一般倒塌了！

他一直以爲，只要他不說，他幹的這些事，警方就不可能知道，就算因爲某些意外原因讓警察無意發現了某一處的屍體，他也不怕，因爲現場他根本就沒有留下任何的證據，除了死屍，他一切都做得很完善。做案後，他身上的證據，衣服鞋襪，包括手套，他都埋在了一個秘密地方。但剛剛傅遠山說的話，卻把王思德的思緒瞬間打亂！

傅遠山說的這些，都是王思德在這半個月內幹的三起殺人案。在沐香山扔的是屍體，那個地方很偏僻，雜草深過人，連路都沒有，根本就沒有人會去那兒，就更別說那個陷坑了；那個坑估計深十幾米，裏面除了棘刺雜草，吃飽了飯沒事幹的人也不會往那裏面跑，他們是怎麼知道的？

但王思德在這一瞬間，倒是肯定了傅遠山的話，不管他們是怎麼知道的，但能說出剛剛那番話來，那就表示，警方是真的知道他的底細了！

而更讓王思德徹底潰敗的是，傅遠山說的陵園路梅花園的那個住址，就是他的秘密藏身處，那裏可是有他留的一部分證據的，因爲沒有想到警方會這麼快把他抓到，在那裏，他還藏有最近幾次搶劫殺人劫車後取下的那些車牌！

傅遠山見王思德那茫然的表情，以他的老經驗頓時明白，王思德是被真正拿住要害了，他手中拿的這份周宣寫的資料，就是王思德的要害，就是破案關鍵，也就在這一刻，傅遠山也把他自己牢牢綁在了周宣身上，成了周宣今後不可分割的一分子！

傅遠山明白王思德的心理後，自然趁熱打鐵，趁勝追擊。

「這些事，你自以為天衣無縫，無懈可擊，只要你不說，我們就找不到你的證據了？我再提醒你一下，你扔到沐香山西側崖壁下的衣服，還有你床下最後一套沒來得及扔的做案衣服和手套鞋襪……」

傅遠山說到這裏，對面的王思德呼呼喘著粗氣，身子顫抖，幾乎便要從椅子上滑倒！

王思德已經明顯崩潰了，傅遠山也就沒必要再說下去！傅遠山到門外對周洪等幾名刑警低聲吩咐著：

「你們來替王思德作筆錄，我想基本上沒有什麼問題了，這個人不僅犯下西春河那一件分屍案，包括這半個月以內發生的三起殺人搶劫案，你們要仔細並且完全地把他的老底挖出來！」

周洪有些詫異，這個王思德，剛被逮捕的頭兩天內，可是跟一塊鋼板一般，一條小縫都插不進，怎麼傅局長進去就這麼一會兒功夫就搞定了？真是不可思議！

傅遠山又把周宣叫了出來，向周洪示意了一下，然後跟周宣離開審訊室。當然，周宣寫的那份資料，傅遠山已經帶在了自己身上。

在電梯中，傅遠山瞧著淡淡微笑著的周宣，心裏不禁暗自感慨，看來他確實很幸運，不知道周宣怎會挑上他。

從周宣的能力看來，以前他認為周宣的背景是靠李魏兩家，但現在似乎不是他想像中的那樣，周宣背後站著的雄厚實力是魏李兩家不錯，但並不是周宣靠魏李兩家，而應是魏李兩家都受到了周宣的幫助才對！

不過，周宣有這樣驚人的能力，為什麼要幫助他？周宣有什麼目的？

到傅遠山的局長辦公室中坐下後，傅遠山一時沉思起來，辦案的重大進展讓他驚喜，但以他這麼多年來的辦案經驗，他相信，周宣應該不會是毫無目的找上他，作無償助手的。

但傅遠山也明白，他目前就跟吸了毒的癮君子一樣，是離不開周宣的幫助了，這是能給他最直接績效的大貴人啊！

周宣笑了笑，從傅遠山的表情他看得出來，這個老警員比常人的思維更加縝密，更加細膩，顯然對他的援手懷疑起來。

「老傅哥，我知道你現在有些懷疑我為什麼要幫助你，那我就跟你明說了！」

周宣擺擺手笑道：「想必你也瞭解到了，我背後的勢力是魏李兩家，而我們周家，只不過是一個從鄉下進城的普通家庭。因為我對他們兩家的老爺子有救命之恩，我們家來京城也是因爲他們兩家的幫助，但魏李兩家位高權重，我們家的事，他們雖然一定會出面幫忙，但我不可能老是爲了一些雞毛蒜皮的小事去找他們吧？而老傅哥你是地方上的頭面人物，什麼事找你也比較好說，雖說我們周家不會做傷天害理的事，我現在的身家也是過億，錢對我來說，已經沒有太大意義，我幫老傅哥的用意就在這兒，我不欺人，但防人之心不可無，萬一有些人要來找我或者我家人的麻煩，我只希望老傅哥能公正對待就行！」

周宣說這些話時，眼神清澈，沒有半分邪念，傅遠山可以從心底感覺到，周宣說的是真心話。

而周宣的話意也很明白，雖然這個世界上沒有免費的午餐，但周宣幫他的確是沒有太大的功利思想在內，他的目的，只是希望傅遠山以後能照顧他們周家。

但這個「照顧」，又跟其他人的那些功利想法遠爲不同，別人的幫忙都是交易，是希望能換回更多更大的利益，但周宣卻只是讓他看護周家。他的話說得十分明白，只有在受到別人的陷害或者欺負的時候，才需要他出手援助，這個援助也是在他們周家是有理的那一方。

這本來就是他們警方該做的事情，是一個警察應盡的職責，所以周宣的要求並不爲過。

但一般人都知道，現在的社會夾雜了太多不公平的因素，上有政策下有對策，被冤枉受欺負的事多不勝數，所以周宣的話就不難理解了！

傅遠山心如電轉，心裏考慮著周宣的話。

周宣又說道：「老傅哥，我現在也給你一個明確的保證，我絕不會要你爲我辦以權謀私、謀利、謀權的事，也絕不會讓你做偏袒我的事，我只希望像在遇到類似我妹妹被吳建國打的這樣的事時，老傅哥能公正而又及時的辦理就行了。我只是這個意思。當然，我也希望我們周家永遠不會遇到這樣的事！」

傅遠山不再多想，也不再猶豫，當即與周宣緊緊握住了手，誠摯地說道：

「兄弟，如果以前我還有些許的懷疑，那現在我可以告訴你，以後你就是我的親兄弟，你們周家人就是我的家人！我知道，兄弟幫我，我能得到更多明顯的績效，可以很快升遷，看起來很功利，可我也跟兄弟坦白，我只是希望在退下去前，能踏上一個新的高度。以前這是空想，但現在，卻極可能達到這個理想了。我希望職位越高，自己能做的事也就越大，我會用兄弟給我換來的職權，給更多老百姓做更多的事，能夠將許多解不開的案子解破，幫更多的冤屈死者中冤雪恨，這麼一來，你可是功德無量啊！」

說到這句「功德無量」的時候，傅遠山很激動，似乎已經看到了他跟周宣聯手，破了一個又一個重大案件的遠景，那種興奮，那種激動，無法形容！

此時，周宣和傅遠山才真正的站在了一起。

從分局回去，周宣回到家。難得的是，周蒼松今天也回家來了，一家人中，就只有弟弟周濤在周氏珠寶公司上班，沒空回來。

周蒼松看到周宣回來了，笑呵呵地道：「兒子，你爸我放了個假，臘月二十，咱們店就正式開張營業了，還有幾天，店裏也很穩定，張健硬是要我回來休息幾天！」

「就休息一下吧，爸，你跟媽都這麼大歲數了，我把你們接過來就是希望你們享享福的！」周宣笑了笑，難得見一回老爸回家裏來。這鄉下人勤快，到了城裏依舊閒不住。

周宣看著老娘老爸、傅盈和妹妹周瑩都在，心裏想起了老李和李雷囑咐的事情，訕訕地笑了笑，然後說道：

「爸，媽，妹妹，趁著你們都在，正好我有件事要跟你們說！」

周蒼松笑笑道：「是啊，是該說說了，你跟盈盈的婚事應該好好準備準備，我也有些爲難，這兒不比我們鄉下，婚禮怕是跟我們鄉下的規矩不一樣，再說，盈盈大老遠地來到咱們這兒，可不能虧待了盈盈！」

傅盈臉一紅，當即低了頭去，不敢看人也不敢說話。

周宣卻道：「爸，媽，不是說我跟盈盈的事，是妹妹的事！」

「啊……」的一聲，傅盈和周瑩兩個人都是驚呼出來，不過，傅盈是抬起頭，周瑩卻是低下了頭！

「周瑩有什麼事？是不是要把她從古玩店也調到珠寶店去？」周蒼松詫異地道：「調就

調吧，反正都是我們周家的生意，在哪兒上班都一樣。」

「不是這件事！」周宣搖搖頭道：「是……是……」他一時間也不知道如何說起，摸著頭有些爲難。

周瑩的頭低得越發的低了，金秀梅恍然大悟道：

「哦，兒子啊，你是說……你是說李爲跟周瑩的事？」

「就是這件事。」周宣抓著頭皮說道：「爸、媽，李爲的爸爸跟他爺爺今天專門爲了這事，把我接到他們家，我現在是想問問爸媽的意思！」

金秀梅皺著眉頭道：「我們的意思有什麼用？得看人家李爲家裏是什麼意思！他家是當大官的，李爲年輕不懂事，婚姻大事可是要依從父母的，他家裏哪裡能同意？我們周瑩是個鄉下孩子，你親妹妹，你還不知道她什麼性格啊，要是嫁個普通家庭，我放心得很，可李爲這樣的家庭，我……」

說到這兒，周蒼松才知道是這件事，他是個老實人，忽然遇到這樣的事，也不知道應該怎麼辦了。

傅盈卻不高興了，惱道：

「媽媽，妹妹有什麼不好？又漂亮又溫柔，配李爲是綽綽有餘。媽媽是以爲李爲家庭很好吧，可咱們家也不差。媽媽，您知道嗎，妹妹在古玩店的股份可是超過三千萬的，要說錢嗎，那是最簡單的事，媽媽可能不知道，現在周宣的身家已經超過十幾億了，怎麼說也是個上得了臺面的企業家，而且，他還有紐約傅家百分之七十的股份，折合人民幣也有一千億，這要拿到國內，他說自己排第二，那就沒人敢說是第一！」

周蒼松和金秀梅夫妻倆都被傅盈的話嚇了一跳，雖然他們知道兒子這幾個場子很值錢，卻不知道錢多到了這個地步，而傅盈說的什麼紐約的股份，他們就更不懂了，一千億是個什麼概念！

周宣壓根就忘記了他還擁有傅氏百分之七十股份的事，自己的錢早就夠全家人用幾輩子了，要那麼多的錢幹什麼？不過，傅盈說的話也有道理，妹妹配李爲的確是綽綽有餘！

「媽，爸，你們別想太多，我回來就是告訴你們，李爲家，他爸媽跟他爺爺都同意這件事，特意先徵求了我的意見，是他們家向我們求婚。我就跟他們說，我得回來先跟爸媽商量一下，看看你們的意思。」

周宣把老李家裏的意思說了，然後又對周瑩說道：「當然，最重要的還要看妹妹自己是什麼意思。」

周瑩能有什麼意見？她的想法，就是要李爲讓他家裏人同意，再是希望哥哥周宣和爸媽同意，現在一聽哥哥說李爲家裏人都同意，心裏高興得不得了，只是羞得不好意思抬頭。

周蒼松和金秀梅總算是明白周宣的意思了，他說的就是李家同意了，現在是徵求他們周家的意見！

周蒼松沉吟了一下，又瞧了瞧周瑩，問道：「周瑩，你說說，你自己什麼意見？」

周瑩哪裡好說？羞得頭都不敢抬，把頭都鑽到了傅盈懷裏。

金秀梅有些遲疑，擔心地問了問周宣：「兒子，李爲家裏可不是普通人家，他們……他們是真心同意？這可是你妹妹一輩子的幸福啊！」

「媽，沒你想的那麼嚴重，你跟爸不用擔心。」周宣笑笑道：「李爲的爸媽和爺爺絕對是誠心實意的，而且是說一句就一句的人，他們擔心的其實是李爲，怕李爲三心二意，太花心，不過，李爲是作了保證的。我跟李爲相處了這麼久，我覺得他人其實還不錯，只是在這種家庭中長大，難免帶有一些紈褲氣息，但他本性很好，這個我可以肯定！」

金秀梅嘆了一聲，然後扭頭對周瑩說道：「小瑩，你自己呢？就看你自己了。唉，哪家的父母不想自己的兒女好呢？」

周瑩不好意思，賴在傅盈懷裏不抬頭，但傅盈卻勸她：

「妹妹，這事得你自己答應才行啊，婚姻自由，這可由不得別人作主，你要，就跟爸媽說，周宣也才好給李爲家裏回話啊！」

周瑩本來是不好意思，但哥哥把話也說得很明白了，李爲家裏既然同意，現在只要她自己也點頭答應，那這事就沒什麼阻礙了。

想了想，周瑩終於羞答答低聲回答了，只不過頭仍不敢抬：「爸媽跟哥同意就行了！」

周瑩這話還是沒說出她自己的意思，但已很明顯了，爸媽跟哥同意，那就算她同意了。

周宣呵呵一笑，說道：「那好，這事就這麼決定了，我等一下給李爲家回個話，他們家就會請媒人來提親了。」

周宣明白妹妹的意思，沒必要一定要打破砂鍋問到底，妹妹雖然沒明說，但她是同意的，這件事，他這個哥哥就當一回家，做一回主了。

周蒼松和金秀梅老夫妻也都不再多說，在這個家，都把周宣這個大兒子當成支柱了，兒子這樣說就這樣辦吧。

周宣笑嘻嘻上了樓，家裏人都以爲他是給李爲家裏回電話，也就沒有跟上去。

周宣本想給李爲打個電話，告訴他好消息，但想了想，還是按住了心情，得讓這傢伙受一下折磨，不要太輕易鬆口，這樣他以後才知道珍惜。

又想了想古玩店要開張正式營業了，這個得好好準備一下，張老大準備的是店裏的事情，自己得準備一下，請些有頭有面的人來，雖然自己也不喜歡搞這些事情，但現在的社會就這樣，你有面子才能得到別人的恭敬，自己不求欺負別家店，但求在這個行業中不受別人的欺負，這是立身之本啊。

練了一會兒冰氣，現在周宣已經能很熟練地使用晶體了，基本上，他每天晚上都要用晶體練一回，練完冰氣把晶體放回抽屜後，周宣想了想，還是拿起手機給老李打了個電話，把家裏的意思跟老李說了，最後笑笑道：

「老爺子，我本來是準備嚇一下李爲的，但覺得還是不能瞞著老爺子和李爲他爸，所以就跟您說一聲。」

「那就好！那就好！」老李高興地呵呵笑道：「說實話，我一直在等你這個電話呢，同意了就好，同意了就好，現在，咱們兩家可就真成了一家人了，這事我已經準備好了，讓李雷找魏家老三來做這個媒人！」

周宣放下了手機，心想，這一下得注意一點了，以前可以很隨便地跟李雷、魏海洪稱兄道弟的，現在有了妹妹這層關係，那就得矮一輩了。

李家的動作確實也不慢，第二天早上，魏海洪就過來了，不過，臉上表情顯得有些訕訕然的。確實有些尷尬，忽然間，輩分就得比周宣大一輩，這讓他感到極爲不自在。

當然，他之前也有過這樣的想法，不過那時候是想，如果周宣能跟曉晴成爲夫妻的話，那他這個小叔當然是當得很高興，但事實並不如他們預期發展，沒想到李爲居然跟周瑩好上了，他這個媒人純粹是趕鴨子上架，不得已的事！

周宣一家人都在，周濤也是周宣特地叫回來的，並且把李麗也一起帶了回來，如果再加上李為，那就真是全家大團聚了。

周瑩跟傅盈、李麗、金秀梅在一邊說著話，周濤跟周蒼松父子下著象棋，周宣跟魏海洪兩個人聊著天，看著電視。

這時候，正播報著午間新聞，魏海洪沒怎麼注意，但周宣倒是馬上就注意到了，因為電視上正播報著那件分屍案。

經傅遠山分局審訊後的結果，王思德交代了其他八件劫車殺人的案子，本來是周宣無意中接觸到白玉老虎，得到一點線索而找到了碎屍，卻沒想到從這個案子中竟然扯出來一連串大案子！

王思德心理防線一倒，便乾脆地把所犯的案子全部說了出來！

傅遠山這一喜非同小可，當即把案子結案彙報上級，然後再移送法院，並在移交之前還開了個新聞記者會！

魏海洪見周宣這麼注意這個新聞，笑了笑說道：

「兄弟，你認識這個傅局長？呵呵，這傢伙破了這麼個大案子，八成是要再升一級了！」

周宣笑了笑，正要說話，卻又立即被新聞裏播的另一則新聞吸引住了，不僅周宣，就連魏海洪也被這新聞驚住了！

「今天中午十二點二十分，東城國際大廈三樓的珠寶賣場被三名蒙面歹徒持槍搶劫，一名保安中槍，因爲剛好有一輛巡邏警車經過附近，接到報案當即趕往現場，瘋狂的歹徒隨後挾持了二十多名店員與趕赴到場的員警形成對峙，而且有一名歹徒全身捆滿了炸藥，警方不敢妄動，混亂的人群也有受傷，截至目前，具體的傷亡情況還不清楚，本台記者將進一步發回最新情況！」

周宣臉色一沉，國際大廈三樓也有他們周氏的珠寶店，那麼多人質，歹徒全身綁有炸藥，如果引爆了的話，那後果不堪設想！

東城，那不是老傅的地盤嗎？剛剛還在想老傅因爲分屍案的偵破要升官了，這一下，怕是又要泡湯了！

周宣低了聲對魏海洪道：「洪哥，別讓我家裏人知道，我要到現場去一下。」

魏海洪皺著眉頭，愁道：「你去幹什麼？這可怎麼好？我二哥最近因爲京城的幾個大案子焦頭爛額，這下好了，我二哥剛到任這個職位不久，腳都還沒穩，要是出了大問題，我二哥……」

周宣沉聲道：「洪哥，那你還說什麼，趕緊走吧，你跟我一起過去，這事交給我！」說完，周宣過去對父母道：「爸，媽，盈盈，我跟洪哥出去轉轉，走一走，一會兒就回來！」

金秀梅和傅盈也沒多想，她們沒有看到電視，根本就不知道發生了什麼事，也就由得他倆。

魏海洪是自己開車過來的，等周宣一上車，馬上把車開出了宏城花園，周宣在車上給傅遠山打了個電話。

傅遠山的聲音在電話中顯得十分急躁。

「兄弟，出大事了，我現在沒空……」

周宣沉聲道：「老傅，你別急，你在現場嗎？我馬上趕到現場，你讓我進去，這件事我來搞定。在我沒到之前，你儘量讓你的人不要輕舉妄動，我有把握，等我過來！」

魏海洪比周宣更著急。這種情況下，很容易就會失控出大問題，如果那個兇犯身上的炸藥被引爆的話，不管後果是輕還是重，二哥魏海河都將受到牽連。魏海洪雖然與二哥魏海河平時不常往來，但對兩個哥哥的事還是一樣的關心，誰叫他們是一家人呢！

周宣唯一祈求的是傅遠山能在現場把兇手拖住，不讓歹徒有窮途末路的感覺，而狗急跳牆。只要不引爆炸藥，他到了現場是有機會把危機消除的，這一點他還有把握。

魏海洪等周宣一上車，就急急地往東城的目的地開去。不過，在離國際大廈還有五六百米遠的街道上便堵車了，因爲怕被炸藥波及，警方已經把國際大廈前後附近的街道都封鎖了。

員警的封鎖圈設了好幾層，除了警方內部人員和政府高層，其他人一律不得進去，包括新聞媒體記者。

魏海洪在第一道封鎖圈處就被堵住了，就算魏海洪說出自己的身分，他們也不會放行，現在這種情況，放人進去是有生命危險的。

周宣也不多說，趕緊拿起手機給傅遠山打電話，魏海洪也拿出手機給二哥魏海河打電話，各自連絡了起來。

傅遠山正焦急等著周宣呢，一接到電話，立即便往這邊趕來。

與周宣不同的是，魏海洪給他二哥通了電話，魏海河卻沒有空理他，隨即便把手機關掉了。

第一三七章
即刻救援

三名歹徒還限定了時間，如果半小時內，
他們要的東西還不準備好，那就開始槍殺人質！
離歹徒限定的時間已經不到五分鐘了，陳廳長急得汗流浹背，
魏海河等幾個高層更是急得如熱鍋上的螞蟻。

傅遠山老遠便見到周宣和魏海洪兩個人，雖然著急，臉上卻有了絲笑容，一看到周宣，他就像掉到海裏的人見到了救星一樣，立刻急急地走過來，先是在周宣肩上拍了拍，然後又跟魏海洪握了握手。因爲事情緊急，也就不多說客套話。

周宣指了指魏海洪開過來的那輛奧迪車，傅遠山立即指派了一名員警，說道：「你把這輛車看好！」隨後把周宣和魏海洪兩個人都帶了進去。

在路上，傅遠山一邊急走，一邊低聲問周宣：「兄弟，你有把握沒有？」

周宣點點頭，低聲回答道：「我有把握，但首先得保證兇手不會在我趕到之前引爆炸藥，第二點，我得向老哥私底下透露一點，我只能把兇手的槍枝彈藥和炸藥等兇器解除掉，打架我是不在行的，所以我要問一下，這些兇手，你是要死的還是活的？」

周宣心想，如果警方只要求救出人質，不論兇手死活的話，那就好辦，自己冰氣的能力現在超強，別說兇手只有三個人，就算有十個八個那也不怕，只是得讓那些兇手都處在他的能力範圍以內，他才能實施計畫。

傅遠山有些訕訕然，雖然他是東城警方的最高主管，但出了這麼大的事，現在趕過來的是市裡更高層的人，哪裡有他說話的份兒？指揮權都落在了市政廳的陳廳長手中，他根本就沒有指揮權，更別說與兇手談交易了。

不過，他到底還是一局之長，帶周宣和魏海洪進到封鎖圈裏，這點權力還是有的；再說，守衛的員警也都是他手底下的人，只是準備攻堅的特勤警員和埋伏在要點的狙擊手是市政廳調來的。

周宣瞧傅遠山的表情，明白現在的局勢已經輪不到他來作主了，不過，周宣也不想輕易就取兇手的性命的。

在國際大廈樓下一百米外的街道邊，魏海河跟市政廳的主管設了一個臨時指揮部，正在研究進攻方案。

周宣低聲對傅遠山道：「老傅，想辦法跟裏面的兇手聯繫上，說什麼交易都好，把我送進去，要保證我跟兇手的距離在三十米以內，我就能保證把兇手的所有危險的器械解除掉，不曉得可不可以送兩個人進去？」

傅遠山見周宣很肯定的表情，對周宣的能力，他是越來越猜不透，但又對周宣莫明其妙的信任，嘆了一聲，說道：

「好，我先試一試吧，不過，不敢肯定行不行！」

周宣拉著傅遠山的手，定定地道：

「老傅哥，不是試一試，是一定要行，如果這事不行，不由我們自己把這危險解除，那你之前的績效再多也沒有用，你一樣得丟官，今天的事影響太大了！」

傅遠山何嘗不知道？但確實是沒有把握。

魏海洪瞧著正在緊急跟市政廳主管們商議對策的二哥魏海河，一時也不知道該怎麼辦，聽周宣說得很有把握，心中卻也不敢肯定。

之前在海上遇襲那次，周宣是救了他，但周宣可沒有能力把兇手制住啊，他好像只有治傷的能力吧？如果能解除兇手的武裝，在那次就應該把暗算他的兇手給幹掉了吧？

所以，魏海洪不敢抱太大希望。但畢竟在周宣身上有太多的不可思議，對他，不能用常理來判斷的。

傅遠山心裏七上八下地來到指揮部臨時搭的臺子邊，在這個圈子邊上，這七八個人無一不是部級以上的大員，倒是他的頂頭上司陳廳長的職位最低了。

但傅遠山能說得上話的，就只有跟陳廳長了，所以他也只能偷偷地在邊上拉了拉陳廳長的衣袖，陳廳長眉頭都皺成了一團，盯著他問道：

「什麼事？」

陳廳長心裏正惱火得很。這次的事，驚動了高層，那是抹都抹不掉的，無論如何，都得有一個人出來頂罪，這個人，八九不離十是傅遠山了，雖然剛剛他才破了一個大案，但誰讓他倒楣遇上了這種事呢？

要說運氣好一點的話，京城這麼大，這三個兇手哪不好去，卻偏偏在他管轄的東城呢？當然，對於陳廳長來說，只要在京城範圍以內，那都是他的麻煩事。

「陳廳長，我有把握解除這場危機，但我需要上級們給我這個機會！」傅遠山對陳廳長低聲說著。

「你有把握？」陳廳長一怔，隨即喜道：「什麼辦法？趕緊說，別廢話！」

傅遠山點點頭道：「是，陳廳長，我只有一個條件。我手下有一個異人，如果能跟裏面的兇手談判，只要能把他送進去跟兇犯面對面，這個危機就能解除掉！」

陳廳長又是一怔，隨即怒著低聲道：「搞什麼？都火燒眉毛了，你還搗什麼亂？你以爲你的人是超人不成，現在可不是拍電影！」

傅遠山不好明說，心想：我的那個人或許就是一個超人。咬了咬牙，又說道：「陳廳長，您可是我的老長官了，我能向您瞎胡鬧？我以我的人格和職務保證，我絕對能以最小最低的損失解除這次危機。唯一的條件就是，您要給我這個機會！」

傅遠山在這個時候也知道沒有退路了，只能把希望押在周宣身上賭一把，就算是賭，那也總是有一絲半分的希望，好過一點希望都沒有！

陳廳長呆了呆，幾個分局的局長他是很瞭解的，傅遠山是有些能力，不是單純的乖乖牌，而現在的計畫中，無論以哪一條計畫，都不敢保證人質徹底安全，因爲這三名兇手似乎都是訓練有素的老手，從自身的防衛到對付警方的手段，以及他們事前的準備，都不是生手做得出來的。而現在，他們的狙擊手完全不能保證一槍能將身上捆綁了炸藥的兇手擊斃。

而且，通過狙擊手的情況彙報，兇手的炸藥是電子線路的，就算被一槍命中，誰也不敢保證他在死前的一剎那不會按下按鈕開關，這是在場的長官們最爲擔心的事情！

「你說的是真的？」陳廳長盯著傅遠山一瞬不瞬地問道：「傅遠山，你應該明白眼前的情況，俗話說，軍中無戲言，如果後果不是設想的那樣，那就不僅僅是你，就是我也沒辦法下臺了！」

「我明白，陳廳長，我只要求你給我這個機會，我的人已經準備待命了！」傅遠山指著周宣說道：「他就在這兒！」

陳廳長呆了呆，周宣這個人，他有點印象，上次就是爲了他的事，何光偉吳建國惹了禍，事隔時間不長，他腦子裏的印象還很深，而周宣旁邊的魏海洪就更不用說了，臺子邊正發愁的魏海河就是他的親哥哥，看來李雷一家和魏家與那個叫周宣的關係密切，果然不假，但他有什麼能力能解除危機？

陳廳長還在奇怪時，傅遠山又叫了一個男的和一個女的過來，這兩人都是東城特警隊的成員，男的叫李成植，女的叫費琳，身手都很了得，尤其是李成植，在全市的員警射擊賽上拿過第一名。李成植和費琳此刻一身尋常便衣，沒帶任何武器。

傅遠山把陳廳長拉到邊上低聲說道：

「陳廳長，我只要求有這麼一個機會，我保證能把所有危機解除掉，但前提是現在不能進行強攻，需要談判交涉，我知道裏面有兩個人質受了傷，其中一個女孩子傷得很重，我們現在只要表面上跟兇犯談交易，讓這三個人進去就可以了，我保證所有危險的事情都不會發生！」

陳廳長沉著臉，猶豫了一下才黑著臉問道：

「你真能保證?你也知道出了問題的後果吧？」

傅遠山如何不知道?但他現在根本沒有退路了，只能硬著頭皮走到底，周宣已經對他說得很明白，現在所有的希望都寄託在他身上了。

傅遠山安排李成植和費琳的意思，也是按照周宣的交代，周宣說過了，他只能解除兇犯的武裝，抓人犯和格鬥卻要別人才行。

「陳廳長，我保證！」傅遠山咬牙回答著，「只要給我一個機會就行！」

應變小組的決策一直定不下來，因爲沒有任何方法可以保證那名兇手不引爆炸彈，所以計畫一直懸而未決。

陳廳長皺著眉頭想了好一陣子，伸手把李成植和費琳招過來，問道：

「你們有把握嗎？」

「有！」

李成植和費琳沒有回答，回答的是周宣。

「陳廳長，傅局長有秘密的計畫交代我，只要能接近三名兇犯，按照傅局長的計畫，我就絕對能保證三名兇手都沒有引爆或者殺傷人質的可能！」

陳廳長怔了怔，周宣的話很有信心，這在他臉上可以看得出來，他心裏不禁想著，這個傅遠山，到底有什麼秘密計畫？

而李成植和費琳卻是不敢說什麼，傅遠山雖然安排他們兩個進去，但他倆卻不敢保證兇手不會引爆炸藥。這個關頭很凶險，他們兩個是化裝成醫護人員進去，把那名傷者抬出來的。

在之前，警方通過商場的電話與兇手通過電話，兇手的條件是，警方必須提供一輛車，第二步的條件暫時還沒提出來。

不過，這三名兇手的運氣確實不好，本來按照計畫，搶劫完便下樓乘車逃逸，時間也剛好夠他們逃走，但事實上卻不如此，其中一名女銷售員偷偷按了警報鈴，而偏偏就在這個時候，正好有一輛巡邏警車從樓下經過，接到報警中心來的通知，立即就上來了。

那名報警的女銷售員被兇手打了一槍，傷很重，巡邏員警趕到時，又被兇手的亂槍逼退在一角。不過因爲警方來得及時，兇手逃逸不及，還是被包圍了。

但兇手十分兇悍，並不畏懼，把二十多名珠寶賣場的營業員當做人質，其中一人脫了衣服，亮出渾身捆綁的炸藥，這就把警方難住了。

三名歹徒還限定了時間，如果半小時內，他們要的東西還不準備好，那就開始槍殺人質！

現在離歹徒限定的時間已經不到五分鐘了，陳廳長急得汗流浹背，魏海河等幾個高層更是急得如熱鍋上的螞蟻。

容不得陳廳長有細思細想的時間，當即轉身到幾個長官身邊，咳了咳才說道：

「長官們，我有一個計畫，不不……不是我有，是東城分局局長傅遠山有！」

魏海河一怔，當即盯著陳廳長問道：「什麼計畫？快說，沒時間了！」

陳廳長也不再多說廢話，直接道：「傅遠山安排了三個人，一個負責談判，兩個化裝成醫護人員，保證絕對可以解除危機！」

魏海河皺著眉毛沉著臉，思考了一會兒，招手讓傅遠山上前，沉聲道：

「傅遠山，別給我來虛的，說，有幾成把握？」

傅遠山瞧了瞧周宣，周宣肯定地點了點頭，這才放了心。周宣在這種場合下，應該絕不會害他，當即回答道：

「長官，只要保證讓他們能進到裏面，與兇手面對面之前，兇手沒有引爆炸藥的話，那我就能百分之百保證可以解除掉危機！」

魏海河呼呼喘了口氣，然後沉聲道：

「好，傅遠山，我醜話先說在前頭，如果出了事，責任你知道；但如果真的如你所說，解除掉所有危機，我給你記一大功！」

既然說好，那就不再遲疑，周宣和李成植、費琳三個人都趕緊準備，李成植和費琳找來了準備好的醫務工具箱和擔架。周宣則空著雙手，三個人身上都不藏任何武器。

然後，周宣把兩個人叫到一起，把傅遠山也叫過來，低聲吩咐道：

「等一下進去後，我假裝跟他們談判，你們聽我口令，我說動手時，你們立即動手制服三名兇手，有一點你們要記住。」

周宣說到這裏，又仔細地叮囑道：「我讓你們動手時，那就表示三名兇手的武器已經不能使用，這一點你們儘管放心，不用害怕！」

李成植和費琳並不認識周宣，但傅遠山是他們的頂頭上司，周宣的話他們雖然半信半疑，但傅遠山的話他們自然絕對信任。

傅遠山當即說道：「你們一切按照小周說的話做沒錯，所有行動我都已經安排好了，不會有半分差錯！」

而另一邊，魏海河當即命令通訊人員聯繫裏面的兇手，說委派一名人員進來當面談判，另外派兩名醫護人員進來把傷者抬出來。

兇手猶豫了一陣便同意了，但兇狠地說了：「進來的人如果有武器或者有其他圖謀，馬上槍殺人質和引爆炸藥！」

一切都商議好了，本來按照陳廳長的意思，周宣和李成植這三個進去的人都要穿上防彈衣，但周宣反對，說道：

「穿防彈衣不好，因為一進去，兇手肯定要我們脫衣檢查，看身上有沒有武器，如果發現我們穿有防彈衣，會懷疑我們都是警察，再說，他們要動手，肯定會直接打頭，我們要的是一個機會，就是三名歹徒跟我們在十米以內面對面的機會！」

當然，真正的原因周宣沒有說出來，他唯一擔心的是，在進入到裏面後，估計三名兇手的距離不會超過五十米的範圍，但萬一三個兇手彼此的距離不在一起，超過了他冰氣的範圍，那就麻煩了。

儘管自己能將所有東西轉化分子並吞噬掉，但轉化射出來的子彈卻沒有試過，子彈那麼快的速度，周宣有點不敢肯定。

魏海河點點頭，嚴肅地對周宣說道：「你們的計畫，我現在也沒有時間來驗證，我只有一點要強調，一定要保證人質的安全！」

魏海河雖然跟周宣見過一次面，那次是在老爺子病重的時候，這麼久了，魏海河早已經記不得周宣的相貌了，如果不提起他這個人的名字，他還以為周宣也是傅遠山手底下的一個特警。

匆忙的準備過後，周宣和李成植、費琳三個人進到大廈中，乘電梯上三樓。

這時候，整棟大廈中除了三樓的人以外，其他樓層的所有人都被警方撤離出來。偌大的一棟大廈沒有半個人，靜悄悄的，這本身就讓人有一種特別的緊張感。

在電梯中，李成植和費琳很緊張，但他們兩個對周宣這個陌生的年輕人都感覺到奇怪，一是沒見過這個人，二是周宣冷靜的表情，在他身上完全感覺不到一丁點的緊張和擔心，這讓李成植很意外。

因為傅遠山交代過，他們三個人的行動一切都以周宣為準，由周宣發號施令，所以李成植對周宣除了謎一般的不解外，還有些忌妒，說不清道不明的，只是在這個緊要關頭，也無暇多想。

周宣伸手按了一下三號的按鍵，電梯門緩緩合上，然後上升，李成植和費琳也越發緊張。費琳到底是個女孩子，握著帆布擔架的手還有些微微發顫。

周宣早把冰氣盡力運起，對著費琳微微笑道：

「別緊張，放心吧，沒事的！」

電梯在三樓停下來後，門一打開，周宣率先走出電梯，接著，李成植和費琳架著擔架走出來。

冰氣一運出，周宣立即就探測到，右側三十多米處，二十多名珠寶店銷售小姐都驚慌失措地蹲在地上，在這些女銷售員面前三米處，有一個拿著手槍的蒙面歹徒，另外兩名歹徒卻不在冰氣範圍之內。

周宣沒有測到另外兩名歹徒的位置，也就不敢亂動，不在冰氣範圍以內，他沒有把握可以制服。

站在電梯出口處，周宣大聲地說道：

「我們三個人現在出了電梯，過來了啊！」

周宣先給歹徒放了個話，接著，右側的賣場大廳裏有個男子聲叫道：

「往右，雙手舉在頭上慢慢走過來！」

周宣把雙手舉在頭上，然後說道：

「我是跟你們談判的警方代表，在我後面的，是一男一女兩個醫護人員，來抬那位傷者！」

周宣一邊說，一邊走過去，後面李成植和費琳抬著帆布擔架，也慢慢跟過去。有周宣在前頭說了話，他們兩個因爲抬著擔架，沒有將手放在頭上，所以得小心些。

周宣往右側走了十多米，冰氣忽然探測到右前方四十多米處，也就是人行樓梯上的窗口邊有一個持槍歹徒，這個歹徒並沒有在賣場大廳中，是隔開來的地方。

大廳中沒有窗，所以這幾個歹徒要搞清楚外面的情況，就必須要找個有窗子的地方才行，而有窗子的地方，只有人行樓梯間才有，每一層樓梯上都有一道兩尺來寬的一個小窗口。

因爲樓梯間與周宣所站立的位置，距離大約有四十多米遠，雖然隔了一道牆，但周宣還是測了出來，在這個時候，周宣又得到第三個歹徒的位置！

這個歹徒就是身上捆滿了炸藥的那個，他的位置是在周宣這個方向的左前方四十米處，那裏是一個環形的玻璃櫃檯，那個歹徒持著手槍要脅著三名中年男子，估計這三個中年男子是店長或者主管階層之類的人。

在周宣面前十米處，就是二十多名銷售小姐，在她們面前的那個持槍匪徒正把槍對著周宣三個人。

周宣在前，李成植和費琳抬著帆布擔架在後，慢慢地走到蹲在地上的那些女銷售小姐五米處，那歹徒喝道：

「站住，把擔架放下來，把雙手舉到頭上！」

李成植和費琳把擔架放下地，然後舉著雙手跟周宣並排站在一起。

周宣這個時候已經把三個歹徒的位置都探測到了，只是在這個範圍之內，他也沒有把握把三名歹徒的武器和炸藥解除掉，因爲左前方和樓梯中的兩名歹徒距離都超過了四十五米，雖然探測得到，但能不能轉化吞噬掉卻不敢保證！

在沒有保證的情況下，周宣不敢先有所行動，只是先把冰氣凝住一條線，暗中把那個捆綁炸藥的歹徒先解決了再說。這個歹徒最危險，如果出了意外，危害性也最大。

面前那個劫匪把手槍抖了抖，喝道：

「你們三個，把外衣脫掉，再轉個身，快點！」

周宣向李成植和費琳說道：「脫吧！」說完，自己先脫了外套，轉身的時候，還把褲腿拉了起來，把小腿露了出來，這樣一來，那個歹徒十分滿意。

接著，李成植和費琳也把外衣脫了，站在原地轉了一個圈，可以看得出來身上沒有帶任何武器。

那歹徒朝右面打了個口哨，另外那個捆了炸藥的劫匪就從店裏面走了出來，近了幾米的距離，周宣趁這個機會暗中運起冰氣，把炸藥裏的引線、炸藥、手槍裏的子彈都轉化吸收掉，就這麼一瞬間，那名歹徒就成了一個捆綁著一身玩具炸藥和手持玩具手槍的人！

周宣一解決掉這個心頭最大的難題，馬上把冰氣掉回頭，又轉化吞噬掉面前這個歹徒手槍裏子彈中的彈藥，接著，再把冰氣移到樓梯上，把最後一名歹徒槍裏面的子彈也轉化掉。

這樣一來，三名歹徒都成了紙老虎，表面上看起來很兇，但身上的武器卻都半點作用沒有了！

李成植看到右側四五米處躺著的一個女孩子，穿著銷售店員的制服，身上全是血跡，地上也流了不少血，還有輕微微的呻吟聲，當即說道：

「我們先幫她急救一下吧。」

那名歹徒倒是沒有反對，用槍指著李成植和費琳兩個，看著他們把急救箱子打開，把裏面的藥品都取了出來。

李成植和費琳是刑警，都學過急救之類的常識，做起來也有模有樣的，那個歹徒倒沒瞧出有什麼異樣。

周宣這時候心裏安定了很多，大問題是沒有了，也不急著馬上讓李成植和費琳動手，再說，那個受傷的銷售小姐傷很重，也流了太多的血，情況很危急。

趁著李成植和費琳給那女店員包紮的時候，周宣運起冰氣，把她體內的子彈轉化吞噬掉，然後把傷勢恢復了幾分，恢復傷勢很損耗冰氣，周宣還要對付幾個歹徒，就只把女店員恢復到沒有生命危險的地步就收手了。

等到李成植和費琳把女店員的傷口包紮好後，周宣淡淡說道：

「好了嗎？可以動手了！」

前面那個歹徒對周宣說的話也沒有多想，他還以爲周宣是叫這兩個人動手抬擔架，把受傷的女店員抬出去，然後就輪到他們來跟周宣談條件了。

李成植和費琳卻都是一怔！這傢伙什麼都沒做，只站在這兒發了一陣子呆，然後就叫他們兩個動手，對著歹徒黑洞洞的槍口，動手？動什麼手？動手就是送死！

周宣明白他們的想法，也不怪他們，如果不是他有冰氣異能，輪到誰，在這種情況下也不會動手，動手就是傻瓜啊！

笑了笑，周宣左右看了看，見左側立柱邊有一個滅火器，想也不想就走過去提了起來。

那歹徒明顯呆了呆，然後揮著手槍喝道：

「幹什麼？你想幹什麼？」

周宣提著滅火器笑道：「你說呢？跟你拼命啊，還能幹什麼？」

那歹徒怔了怔，隨即嘿嘿一笑，心想：這個傢伙是神經病吧，他真是警方派過來的談判專家嗎？專家有這麼傻嗎？

周宣毫不理會這名歹徒的手槍，徑直衝了過去。一旁的李成植和費琳都驚呆了。

那歹徒再不猶豫，手槍連點，只是嗒嗒嗒的輕響幾聲，在場的人幾乎都可以聽到手槍裏撞針撞得嗒嗒嗒的響聲，但奇怪的是，槍口中卻沒有子彈射出來！

周宣更不多話，滅火器重重砸在他的右手臂上，那歹徒「啊呀」一聲大叫，手槍飛出數米遠。

周宣動作很快，接著又掄起滅火器，狠狠砸在那名歹徒的大腿上，聽得到骨頭喀嚓碎裂的響聲，那歹徒慘叫著倒在地上！

這一下劇變讓在場的所有人都呆住了，而李成植呆了呆，瞬間反應過來，馬上飛撲過去，伸手就撿起地上的那支手槍。

槍一入手，李成植就知道這是一支真槍，而且子彈是上了膛的，保險也是打開的，只是剛剛明明親眼見到那歹徒開了槍的，爲什麼沒響？

第一三八章

疑點重重

陳廳長也在奇怪，

子彈是空的，引爆炸藥的電線也是壞的，

雷管也只是個空殼，這三名兇手到底是怎麼回事？

但瞧現場那個勁頭，分明又不是虛張聲勢，

那子彈為什麼又只是空包彈？搞成這樣還搶什麼劫什麼？

難道子彈是空包彈？如果一顆子彈是空包彈，那連開了四槍，難道槍槍都是空包彈？搞不好這手槍裏裝的就是假子彈，或者他們在黑市買的就是私製的子彈，所以品質不好沒有響。

但這個周宣也太大膽了吧？李成植和費琳都驚訝到不行，周宣是真不要命，還是運氣特別好？

李成植搶到手槍，馬上就對著跑過來的那個捆了炸藥的歹徒連開了幾槍，而那個歹徒也對著李成植連連開槍，只是兩個人把手槍都勾得嗒嗒響，卻都只是空響，而沒有子彈射出來。

這一下，李成植驚呆了，猛然間，他才想起周宣剛剛跟他說的「可以動手了！」這句話。

這時，李成植才認真思考起周宣這句話的含義來，而周宣自己也是那麼做的，否則他哪有那個膽量，敢面對黑洞洞的槍口撞上去？

在所有人看來，剛剛周宣提著滅火器就把那持槍的歹徒狠狠砸倒砸傷，這是一種很英勇的行爲。李成植明白到，周宣所說的話都是真的，這幾個歹徒手裏拿的槍都是打不響的。

此刻，李成植腦子裏閃電般掠過一絲念頭：原來周宣是臥底員警，知道這些劫匪的底細，或者，就是他把這些劫匪的子彈給偷換了，至於怎麼做到的，天知道呢！

李成植一知道這些劫匪的手槍沒有用處之後，膽氣一下子騰騰上升，飛速竄上去與那個身上與綁滿炸藥的劫匪動手搏鬥起來。

那個歹徒也不是善類，還真有些能耐，跟李成植狠鬥起來。不過，李成植是散打冠軍，徒手格鬥是他的長處，那個劫匪雖然身手不錯，但跟李成植比起來，身手還是略差一籌，沒幾下，腰上腿上就吃了幾下狠的。

這時候，從樓梯口裏跑出最後一名歹徒，費琳看他拿著手槍就往這邊衝過來，不禁有些發慌，如果沒有拿槍的話，她會毫不猶豫地迎上去拼命，但面對著槍口還是不能安心。

周宣見了，知道費琳因為害怕閃開了，但他不能躲開，反正他的手槍已經不能用了，也就沒什麼害怕的，提著滅火器又迎上去。

那歹徒想也不想，惡狠狠地就是幾槍連擊，但毫不例外的是，手槍依然沒有噴出火舌，卻被周宣的滅火器狠狠砸到。

不過，這名歹徒的身手和反應都要強很多，手槍打不響，對方的滅火器又兇狠擊過來，他趕緊閃身避開，隨即一腳便把周宣踢倒。

周宣到底吃虧在沒有練過搏鬥武術，雖然身有冰氣，但身手卻是比人家差了許多，開始的那一下是因為對方經驗不足，又加上手槍打不響干擾到了情緒，所以被周宣打中受了傷，但現在，這個劫匪的身手就強多了，周宣不僅沒打到對方，反而被對手一腳踢翻。

但也就在這個時候，費琳倒是看清楚了這個劫匪的手槍出了問題，因爲開槍的那一瞬間，她是緊緊盯著的，而且神經高度緊張，槍沒響，她也看得清楚，這才知道，這劫匪的槍是報廢的！

那劫匪隨即又上前，想把周宣幹掉，因爲他明白，他們三個人的對手，其實就只有面前這兩個男的，現在只有把這三個上來的人都幹掉，才能走下一步。

他這樣想，費琳同樣也想到了，既然對手的槍沒有用處，那就跟她處在同樣形勢上，大家都一樣的話，那就用拳頭拼了。如果劫匪沒有了具有殺傷力的武器，說到底就已經是輸了，外面層層包圍著的可都是員警呢！

費琳的身手很不錯，雖然不比李成植，但在特警隊的女警中是數一數二的，就是在男警中，也有不少男員警打不過她。之所以安排了她來，傅遠山考慮的是，對劫匪來說，也許女孩子會讓他們放鬆一些警惕，因爲匪徒對女人一般都會輕視一點。

不過，這名劫匪的身手應該是三名劫匪中最強的一個，費琳截堵上去跟他一交手，一來二去幾下硬碰，費琳就吃了些虧，好在讓周宣得到了機會。

周宣爬起來後，就這麼一瞬間，費琳已經被踢中一腿，左臉也被打中一掌，雖然閃開了一半的力，但一半邊臉立時腫了起來，火辣辣的痛，腰間也痛得很，這個人，她不是對手。

而周宣的身手，她也看得很明白，周宣幾乎就沒練過任何搏鬥和武術，真不知道傅局長是怎麼想的，竟然安排一個普通人來，這不是給她和李成植添麻煩嗎？好在這三名劫匪的手槍不行，否則他們三個人現在都已經成了死人！

周宣眼見費琳吃不住了，再延遲一會兒，她就會受更大的傷，趕緊提了滅火器又撲了過去。那名劫匪雖然不怕他，但也不能給他打中，一閃身，又是一拳狠狠擊打向周宣胸口。

這一拳要是打實了的話，周宣的胸口肋骨至少得斷幾條，但周宣這一下很注意，冰氣運行全力，注意力高度集中，這劫匪一拳打過來時，周宣就往後退了一步，然後把滅火器往前面一擋，同時把冰氣運起，將那劫匪的拳頭皮膚指骨都轉化了一層吞噬掉。

那劫匪一瞬間內並沒有感覺到，一拳頭狠狠砸在了滅火器上面，但跟著卻是刺骨的痛，痛得「啊喲」一聲大叫，縮回手後，瞧了瞧，才發現右手背面血肉模糊，受傷很重。

這劫匪很是驚訝，他這一拳就是打在鋼板上，雖然會吃虧，但也不至於傷到這個程度吧，以前他可是拿鐵板練過的，再瞧瞧自己的手，傷也很奇怪，手背面是整個皮肉都少了一大片，而且骨頭都少了很多，要說碰到鐵板受傷的話，那也只會把骨頭損傷吧，但現在殘餘的骨頭似乎並沒有碎裂或者斷掉，只是骨頭少了一些，手可能殘廢了吧！

費琳見這劫匪一拳打在周宣的滅火器上後受了重傷，趁劫匪驚呆了的時候，迅速上前偷襲，接連幾下重重擊在那劫匪身上，周宣也撲過來，狠狠拼砸劫匪的兩條腿。

費琳用分筋捲臂的格鬥術將這劫匪的雙手扭錯位，周宣則立刻狠狠地把這劫匪的一雙大腿打斷。

這硬生生的幾下，就是這悍匪也忍不住慘呼起來，手斷腳斷的，就算他再兇悍，那也是掉了爪牙的老虎，沒有威脅力了。

周宣和費琳把這劫匪解決了後，再瞧瞧李成植那邊，搏鬥還在繼續，李成植雖然占了絕對上風，但心裏有顧慮，總是擔心那劫匪綁在身上的炸藥，所以他一味緊逼對手，也一心想把對手的雙手扭斷，讓他沒有辦法按下電鈕開關。

那劫匪一開始還跟李成植兇悍搏鬥，後來見到兩個同伴相繼被打倒，都失去了反抗的能力，躺在地上直呼痛，就有點想不明白，他那兩個同伴都是有手槍的，對手沒有槍，只靠徒手衝過來格鬥，爲什麼兩個同伴都不開槍？難道手槍也都跟他一樣碰上了空包彈？

不可能啊，他們在山上練過槍的，練習射擊的時候，這些子彈都沒問題啊，一顆空包彈都沒遇到過，要說巧合，也沒有這麼巧的事吧？

人只要一分心，自然就不能應對面前的事了，這劫匪也一樣，分心之下，立即被李成植狠狠擊中幾下，肋骨「喀嚓」響了一聲，似乎斷了一條，跟著，左腮也吃了一拳，牙齒也被打飛出幾顆。

劫匪狠狠吐了一口血，嘿嘿一聲冷笑，側過身來，跟著惡狠狠地一把用力按下電子開關，接著，背上就又吃了李成植兩個飛踢。

但這都不管用，李成植無法制止住這劫匪按下引爆炸藥的開關，看著劫匪惡狠狠按下按鈕後，李成植心立刻涼了一半！

跟這劫匪動手的這一陣子，李成植可以肯定，這個劫匪絕對是在部隊裏待過的，很有經驗，所以炸藥不會是假的，就衝他剛剛那玉石俱焚的表情就知道，這傢伙是準備引爆炸藥，把他們所有人都送上西天陪葬了！

只是這劫匪按下開關後，李成植呆愣了三四秒鐘，匪徒身上的炸藥仍沒有動靜，匪徒頓時吃了一驚，忍不住又連連又使勁按了好幾下，但無論怎麼按，炸藥都沒有動靜！

李成植一呆過後，心跳若狂，這炸藥看來跟他們的手槍一樣，也是假貨！立時不再多想，迅速撲上去就將這劫匪的一雙手扭斷，跟著把他死死壓在身下！

其實，這劫匪如果要硬拼，李成植是沒有這麼輕鬆就得手的，但這劫匪太意外了，槍打不響，炸藥又炸不響，這到底是哪裡出問題了？

費琳頭髮裏藏有跟下面的警方通訊的設備，這時候，三名劫匪都給制服了，危機似乎也解除了，當即就把通訊器拔出來，跟下面的傅遠山彙報情況。

周宣對那些蹲在地下的銷售小姐揮手說道：「你們都趕緊下去吧，沒事了！」

二十多個女銷售員和另外三名男經理都一窩蜂地往電梯奔逃過去，不過，電梯裏擠不下那麼多人，剩下的人又連撲帶爬地往人行梯上下去！

周宣也沒有叫她們別慌張，反正危險已經消除了，慌不慌亂不亂都沒所謂，也不會出別的問題。

費琳的彙報，加上樓上人質的奔逃出去，傅遠山已經知道上面解除了危機，馬上揮手帶了特警率先往大廈裏衝進去，陳廳長和魏海河等高層們都還沒有反應，不過人質都逃了出來，大廈裏也沒有爆炸聲傳來，甚至是槍聲都沒有響一下，這充分說明，歹徒沒有成功，不過事態究竟怎麼樣，那得到上面看到了現場才會明白，上面究竟是怎麼一個場面？

其實在這個時候，除了周宣自己和傅遠山外，其他人無不都是糊裏糊塗的，到底是怎麼一回事，誰都搞不清楚。

就算是傅遠山，他也不清楚，但有一點他是明白的，危機確實解除了，也絕不是碰巧或者運氣好什麼的，別人雖然不明白，但他知道，這是周宣一個人的秘密！

傅遠山不知道周宣是如何辦到的，而且他也不能問，他只能事後從現場來尋找一些蛛絲馬跡，並且只能暗中揣摸周宣的秘密。

人質是全部逃出來了，費琳又彙報了大概情況，陳廳長當即下令，特警出動。傅遠山也不遲疑，跟著帶了分局刑警大隊的人跟了進去。

到了三樓，傅遠山見到的場面，就是武警已經把三名歹徒銬起來，用擔架抬著出去了，傅遠山呆呆地瞧著其餘的員警拍照清理現場，之後，到收驗證物的員警處瞧了瞧槍枝和炸藥。

那名員警說明道：「手槍是仿六四的，子彈上了膛，炸藥是TNT，是用電子引爆裝置，總重量是六公斤，這些炸藥如果被引爆的話，因爲處在比較低的樓層，對這棟大廈破壞力會相當大。」

這個不用說傅遠山也明白，他想知道的不是這個，而是其他的。

那個員警又道：「奇怪的是，在現場並沒有找到彈殼彈頭，手槍子彈和炸藥都要拿回去用技術鑑定過後，才能得出結論！」

傅遠山點點頭，隨即走到一旁，把李成植和費琳叫到身邊，低聲地問道：

「現在是什麼情況？」

李成植和費琳是既驚訝又奇怪，這時左看右瞧，卻不見周宣的身影。

傅遠山早瞧見周宣偷偷溜了出去，極有可能跟魏海洪兩個人回去了。

「局長！」李成植很是不解地問道：「您安排的那個兄弟是什麼來頭？真的很奇怪，瞧他跟兇手搏鬥的樣子，分明是沒有練過散打格鬥的樣子，也不會任何武術，但不得不佩服他的是，他在兇手的槍口面前毫不膽怯，說實話，在面對兇手黑洞洞的槍口時，我十分害怕，也膽顫過，但那個兄弟就當不存在一樣，順手提了個滅火器，就衝上去搞定了一個兇手！」

「對對對！」費琳也接口說道：「我真佩服他的勇氣……」

「好，打住！」傅遠山當即擺擺手，說道：「好，這件事就到此爲止，回去寫報告吧，把報告寫好拿給我，記住，今天晚上六點前我要！」

因爲案子影響太大，警方技術鑑定的初步報告，下午四點多便出來了，傅遠山是分局局長，加上這次解除危機也是他立了大功，所以技術鑑定報告在第一時間，他就從陳廳長那兒得到了。

鑑定結果跟他想的果然一樣，經過鑑定，三支手槍其實都開過槍，上膛的子彈有撞針撞過的痕跡，但子彈裏面的彈藥沒了，也就是說，子彈是空的，所以撞針撞上也不會響。

而那一大包TNT炸藥倒是貨真價實的，但引爆裝置的電子引線裏面的銅芯線只有一層膠皮，裏面的銅線不見了，而炸藥引爆的雷管也只剩一個空殼，裏面沒有炸藥，所以，是沒辦法引爆的。

陳廳長也在奇怪，子彈是空的，引爆炸藥的電線也是壞的，雷管也只是個空殼，這三名兇手到底是怎麼回事？但瞧現場那個勁頭，分明又不是虛張聲勢，槍和子彈炸藥都是真的，卻爲什麼搞了些沒有銅線的電線？那子彈爲什麼又只是空包彈？搞成這樣還搶什麼劫什麼？

西城魏海洪的別墅中。

魏海洪把周宣送回家後，就趕回了自己家中，在路上，周宣跟他明說了，這件事就是他做的，但要魏海洪替他保密。魏海洪這才知道，周宣除了有治病的能力外，還有更讓人驚訝的能力。

魏海洪回家後，跟老爺子彙報了情況後，老爺子又特地把二兒子魏海河叫了過來。父子三人在客廳裏面對面的坐下後，老爺子才把今天的事跟魏海河說了。

魏海河大吃一驚，問道：「爸，你說的都是真的？都是傅遠山安排的那個年輕人做的？也就是幫你和李叔治好了病的那個周宣？」

老爺子點點頭，沉吟了好一陣，然後才語重心長地說道：

「老二啊，今天你也算是度過了一場危機，我跟你提這件事的原因也就在這裏，別看這個小周不是官場中人，但他的作用非同小可，拋開他給我和老李治好病不說，就說他的這身能力，對於我們來說，也許就是救命立本的能力，所以我才想把跟他的關係拉好。這一點，老三做得不錯，也是老三唯一讓我高興的一件事。

本來我想讓小周能跟曉晴成了好事，這樣，就能讓小周變成我們魏家真正的一份子，但可惜他們沒有緣分，唉，在這件事情上，老李倒是走在了我們前頭，李爲這小子跟小周的妹妹在談婚事了，不過對於我們來說，也是一件好事，老李跟我們家的關係那也就不用說了！」

魏海河恍然大悟：「哦，難怪之前爸對這件事很上心。只是我聽大哥的意思，好像並不滿意！」

老爺子哼了哼，有些生氣地道：「你大哥這死腦筋，他還不願意，人家小周才是真的不願意呢。唉，我自小就疼曉晴這丫頭，曉晴也是死心塌地喜歡這小子，可就是……沒有緣分啊！」

老爺子嘆了口氣，又道：「老二，今天周宣這個動作有點怪，你想到沒有？他爲什麼把傅遠山推出去領這個功？」

魏海河怔了怔，隨即道：「這個小周想把傅遠山捧起來？」

「你的悟性不錯，是塊搞政治的料！」老爺子點點頭，然後道：「海風就是在這上面轉不過來，唉，我看他的官階也就僅止於此了。老二……」

「爸，你要吩咐我什麼事？」魏海河瞧老爺子分明是想說什麼的表情，笑了笑問著：「你是不是要幫周宣推一把？」

老爺子嘿嘿一笑，自己這個二兒子壯年之際便有了這種官銜地位，雖說與他的關係扯不開，但確實與他自身的能力也是息息相關的，俗話說師父領進門，修行在個人，如果魏海河沒有能力，就算他再怎麼提拔那也無濟於事。

「小周的意思我也明白，雖然跟我們和老李家關係如此，有什麼事我們也不會旁觀，但小周的個性，嘿嘿……」老爺子笑著說道：「他是不想三天兩頭地來找我們伸手，他想自己給自己找個後路。他對錢財並不看重，何況以他的能力，要賺錢是小事，他只是想讓他們周家安安穩穩的生活，不被人欺負，僅此而已！」

魏海河沉思了一陣，半晌才道：「爸，我看我還是幫一下周宣吧，算起來其實也不算幫忙，周宣不願出頭，意思就是要讓這個傅遠山領功，我要做的也只是順水推舟而已，不算循私！」

周宣回到家後，金秀梅告訴他，傅盈到婚紗店去了，讓他回來後給她打個電話，妹妹周瑩被李為帶到家裏見他父母去了。

周宣笑了笑，妹妹得到雙方家長的同意後，這份喜悅的心情就無法形容了，人生第一次的戀愛就是這樣，本來他是擔心，怕妹妹以後受到傷害，但李為這小子，周宣還吃得住他，相處這麼久也知道李為本性是好的，而且看得出來，李為是真的喜歡周瑩，再說，李為現在對周宣是崇拜到了極點，他說什麼，李為哪裡會說個不字！

周宣歇了一會兒，又想到今天的事，還好既幫傅遠山解除了危機，又幫魏海河解了難處，一箭雙雕！拿起手機給傅盈撥了電話，電話一通，似乎就聽到了傅盈一聲輕笑。

周宣笑問道：「盈盈，你在挑婚紗？你漂亮我又不上鏡，乾脆隨便照一張，意思意思一下就得了吧？」

傅盈哼了哼道：「我正要給你打電話呢，你回來了就好，給你二十分鐘，趕不過來，我就不回去了！」

「過來就過來嘛，生什麼氣嘛。好好好，我馬上過來！」周宣笑嘻嘻地回答著。

聽傅盈故作嬌嗔的聲音就知道她是假生氣的，周宣也故意逗她才那麼說，傅盈早就想跟周宣拍婚紗照，說了好幾次，女孩子哪有不想跟未來老公照得漂漂亮亮的照片，留作紀念呢？

結婚嘛，對絕大數人來說，人生中就只有一次而已！

周宣出門搭了計程車往傅盈說的地址趕了過去，由於天氣冷，街上的人流和車流比平時要少，而這時也不是上下班的時間，不會塞車，所以很快，只花了十五六分鐘就趕到了。

傅盈說的那間婚紗店有一個很大的招牌，周宣一下車便瞧見了這間婚紗店，走到門口，站在門裏一個穿得很時尚的女孩子把門拉開，甜甜地說了聲：

「歡迎光臨，先生，請問……」

周宣微笑著直接打斷她的話，說道：「有一位姓傅的小姐在這兒嗎？我是來找她的！」

「有有有，您是傅小姐的朋友？」那小姐趕緊回答著，一邊引著周宣上樓，一邊又想著，這個男人來找傅小姐幹什麼？難道是要和她拍婚紗照的男朋友？不大像，穿得太普通，人也平常，那個傅小姐長得那麼漂亮！

周宣跟在她後面，到了婚紗店二樓，前邊中間的臺子邊，坐了三個女孩子，都背朝著他，引他上來的小姐對她們說道：

「傅小姐，有位先生來找您！」

三個女孩子一齊回過頭來，個個如花似玉，美豔不可方物。

周宣卻是吃了一驚，左邊一個是傅盈，但右邊兩個卻是魏曉晴和魏曉雨姐妹！

第一三九章

二女爭夫

魏曉晴姐妹倆都要當伴娘的事，她壓根兒就不會反對，
唯一感覺到奇怪的是，明明魏曉晴也喜歡周宣，
在結婚典禮這樣重要的場合上，她會不會出問題？
要是在婚禮中來個二女爭夫，那可就有好戲看了！

魏曉晴姐妹倆個怎麼會在這兒？又怎麼會跟盈盈在一起？就是在一起，那魏曉晴也還好說，但魏曉雨可是個麻煩的帶刺玫瑰，以前跟盈盈可是大打出手過的，這兩個人平時周宣就不敢讓她們碰在一起，要是打起來了，對他來說可是一場災難，一般人打不過她們兩個，周宣對她們倆又不敢使用冰氣能力，他對魏曉雨雖然沒多大好感，但總不能把她弄殘廢吧？

而且，最近魏曉雨也有些怪怪的，上次自己搞了個大烏龍，把魏曉雨當成了魏曉晴，但也可以說是魏曉雨自己搞的烏龍，平時她就是一絲不苟的軍人樣子，誰想得到她忽然換成了魏曉晴那一副溫柔的樣子？

在魏曉雨身上，周宣從一開始認識她的時候，就沒想過能從她身上看到溫柔小女人的樣子！

看到周宣緊張的樣子，傅盈倒是笑吟吟地道：

「周宣，你幹嘛呢？曉晴、曉雨今天專門帶我來選婚紗的，說要給我當伴娘呢，人家結婚就只有一個伴娘，我卻有兩個，而且還是一模一樣的，像天仙一樣，誰都會羨慕！」

周宣頭都大了！還誰都羨慕呢，他這會兒是誰都害怕，本來心裏就覺得對不起曉晴，避開她都來不及，還要請她來當伴娘，而且還是姐妹倆個一起！

「盈盈，你…你……你怎麼會跟……會跟曉晴她們一起？」

周宣本來頭腦是清醒的，但這三個女孩子碰在一起後，他一下子就暈頭轉向的了，說話也有些結巴。

傅盈嗔道：「你在說什麼呢，都跟你說了，曉晴和曉雨是來陪我挑婚紗的！」

周宣看著魏曉晴和魏曉雨姐妹倆個都消瘦了許多，兩姐妹，一個剛強，一個柔弱，但此刻的眼神表情卻都是幽幽的淡淡愁緒。

傅盈原本在家也沒想到今天要來婚紗店，是魏曉晴姐妹到家裏過來請她的，一開始，她還有些擔心，這姐妹倆是不是要找她的麻煩，但女人的直覺是很準的，在房間裏聊了一會兒，傅盈就明白，魏曉晴姐妹絕沒有其他的心思，是真心來陪她的。

女人也是最懂女人的，傅盈知道魏曉晴喜歡周宣，作爲贏家，她很有大度的心態，魏曉晴越對她好，她也越要表現得寬容大度，但傅盈做夢也沒有想到，包括魏曉晴都不知道的一件事，那就是魏曉雨也深深愛上了周宣！

周宣十分尷尬，即使是只有傅盈和魏曉晴兩個人碰頭，他也會覺得不自在，更何況還有魏曉雨也在！

更關鍵的是，魏曉晴和傅盈都不知道魏曉雨跟他之間的事情，如果曝光，那就麻煩大了！所以周宣現在的心思只有裝糊塗，因爲他不敢保證這三個女孩子聚在一起會有什麼後果。

但傅盈似乎並沒有什麼不滿和不自在，她的表情也不像裝的，而魏曉晴雖然看起來人有些憔悴，也有些淡淡愁緒，但跟傅盈兩個卻是有說有笑的，彷彿就是最要好的姐妹一般。

周宣有些糊塗了，不過他也懶得再去猜測，事情都這個樣子了，再做什麼也是掩耳盜鈴，再說，他也沒有真做什麼對不起傅盈的事，問心無愧，唯一的一點就是怕魏曉晴、魏曉雨姐妹各自露出心中的真實意圖來，傅盈如果知道了，肯定是要生氣的。

「盈盈，不是還早麼，怎麼想到現在就來照婚紗照了？」周宣猶豫了一下，最終還是問了這句想問的話。

傅盈嗔道：「你是不願意還是不高興？」

「不是不是，我只是想問一下，你高興就照啊，我沒意見！」

當然，說沒意見那也是假的，不過總不會當著傅盈的面說出來，魏家姐妹都在，說出來，大家臉上都不好看。

「你別怪盈盈，是我跟姐姐要來幫她介紹挑選的！」魏曉晴瞧周宣有些不自在，趕緊替傅盈解釋了一下。

周宣當然不會怪魏曉晴，有些不自在也搪塞過去了，笑笑說道：

「沒有，我只是有點奇怪，你們要來幫盈盈挑選，我當然歡迎了！」

對於拍婚紗照，周宣就完全是個木偶人了，任由攝影師和三個女孩子擺佈，換了一套又一套的服裝，跟傅盈拍了許多照片，其中還有跟魏曉晴、魏曉雨一起照的四人合影像。

就是那個攝影師也是羨慕不已，周宣的未婚妻已經超乎想像的漂亮了，誰知道隨行跟來的伴娘也是超級漂亮，那還不讓別的男人眼紅死了？不過，伴娘不是只有一個麼？怎麼會有兩個？偏生得絕頂漂亮不說，還長得一模一樣，這樣的雙胞胎姐妹哪裡去找？

好不容易才拍完了婚紗照，回去的時候，傅盈沒有開車來，因為魏曉晴姐妹是到家裏來叫她的，三個人也坐不下家裏那輛布加迪威龍，乾脆就坐了魏曉晴開過來的車，這時候回去，魏曉雨自然是坐了副駕駛座，周宣跟傅盈坐了後排。

送他們到宏城花園後，魏曉晴先就說了還有別的事做，要回去，傅盈也就順口道：「曉晴有事的話，那就不留你們了，以後要過來坐坐啊！」

不管是真客氣還是假做面子，反正三個女孩子都是親熱得不得了的樣子，直到魏曉晴開著車跟她姐姐離開後，傅盈才轉過頭來，笑吟吟的臉馬上晴轉多雲了。

傅盈哼了哼說道：「車都不見了，你那麼想看，剛才怎麼不跟去啊？」

周宣有些狼狽，但又無可奈何，苦笑道：「盈盈，我哪裡想看、想跟去了？真是無理取鬧！」

「我無理取鬧？」傅盈一聽就惱了起來，擰著頭就往客廳裏走，邊走邊道：「你今天才發現嗎？我就是無理取鬧，你要嫌我了就直說，反正我也是一個人，在這兒孤苦伶仃沒人疼！」

周宣一下子頭就大了，趕緊投降道：「好好好，盈盈，我認錯，我以後再也不說這話了，別惱別惱，進去媽聽見了又要說我了！」

傅盈哼了哼，倒是沒再說話。

進到客廳裏，金秀梅問道：「結婚照拍好了？」

傅盈對金秀梅卻不是那個態度，轉變了臉色，高興地道：「拍好了，媽媽，我們決定了，結婚的時候，曉晴跟她姐姐當我伴娘。」

傅盈說這話的時候，還有些擔心金秀梅不同意，會說沒有兩個伴娘的道理，但她哪裡知道，金秀梅本來就是一個單純的鄉下婦女，鄉下的規矩是女方家送親，男方家迎親，送親的可以兩個，也可以四個，只要是雙數，而迎親的一方同樣也要安排一樣的人數，本就沒有單一個的道理，所以魏曉晴姐妹倆都要當伴娘的事，她壓根兒就不會反對，唯一感覺到奇怪的是，明明魏曉晴也喜歡周宣，在結婚典禮這樣重要的場合上，她會不會出問題？

要是在婚禮中來個二女爭夫，那可就有好戲看了！

當然，這事要換到別人頭上，金秀梅倒是樂意看一場有趣的熱鬧，但這可是自己的兒子和兒媳婦結婚啊，可開不得玩笑！

傅盈卻很明白，魏曉晴縱然再喜歡周宣，她也不會做那樣的傻事，畢竟處在她那樣的身分家庭，也不會容許她那般胡鬧，唯一能解釋得通的就是，魏曉晴已經打開心結了，認命了。

周宣頭痛起來，由得她們折騰吧，他跟傅盈和老娘說了聲「頭痛」，然後便上樓到自己房間睡覺去了。

接下來的幾天，周宣老老實實待在家裏，哪裡也沒有去，在家裏悶著。傅盈見周宣這個樣子，倒是有些不忍心了，反勸他出去走一走，散散心。

周宣一口就堵回去了，乾脆不出去，在家多練練冰氣。不過拒絕的時候，還故意裝作生氣的樣子，讓傅盈有些撐不住了，以為周宣還真的生她的氣了。

就在這一天的中飯時，魏海洪過來接周宣到他那邊去一趟，又跟傅盈說道：

「盈盈，我下午要到香港去，是公司的事情，我想讓周宣跟我一起去玩玩，到澳門幾個地方轉一轉，散散心！」

傅盈立刻笑嘻嘻就答應了，本來她心裏就有些七上八下的，怕周宣還在生她的氣，魏海洪此時這事說得正好！

傅盈對周宣其實還是放心的，周宣對她的感情絕對是沒話說，他絕不會背叛她，而傅盈對魏海洪也很信得過，雖然魏海洪也算是個花花公子，但做事還是沉穩可信的，他能當面向她提出要周宣跟他玩一趟，也說了是到香港和澳門玩一玩，那無非就是賭賭錢，看看風景。

這讓傅盈十分放心，魏海洪主動告訴她，就表示心裏沒有鬼。再說，以周宣的能力，不管怎麼賭都不會輸錢，剛好這幾天周宣生她的氣，讓他去散散心，這樣會好些。

走到門口時，魏海洪忽然又想起了一件事，回頭對傅盈笑道：

「對了，盈盈，還有件事跟你說一下，不知道你有什麼意見。」

「什麼事？」傅盈不知道是什麼事，但見魏海洪很古怪的樣子，趕緊問道：「魏大哥你說，是什麼事？」

魏海洪笑笑道：「是這樣的，現在老嫂子也在，我就跟你們當面說一下，盈盈，你知道不知道在國內，婚娶的事，女方是要從娘家嫁出去的？」

傅盈怔了怔，搖搖頭道：「不知道，在美國，新人是直接到教堂，在這裡……是不是要蓋頭上花轎？」

傅盈的娘家遠在美國紐約，從家裏出嫁那肯定是辦不到了，但她不知道魏海洪說這話的意思。

「盈盈，昨天我二哥到我那兒，跟老爺子說了一個晚上，我們都想，你一個人在這邊，跟周宣結婚時，紐約的家人離得天遠地遠的，又不能從家裏出嫁，我二哥就說，他想認你做乾女兒，讓你從他家嫁出去，也算是名正言順嫁女兒。盈盈，你考慮一下，看看你願意不願意？」

傅盈一怔，心裏做了無數種猜測，卻沒有一種是想到這個上面來！

周宣和老娘金秀梅也都呆愣了一下，金秀梅還不清楚魏海洪的二哥是什麼官位，只知道他們家都是官高權大，傅盈卻十分清楚，魏海河的官職在現在的政務官中，已算是一品大官了，人家一個大官怎會主動對她示好？

傅盈略微一想，便知道人家其實是衝著周宣的面子來的。不過魏海洪的二哥能有這種想法，她是很感激的，當然，不可否認，魏家是有想和周宣把關係拉得更近更親密的意思，但現在這個社會，又有幾個人沒有一點利益思想考慮在內呢？何況魏家對周宣是真的很好。

周宣怔了怔後，瞧了瞧傅盈，這事當然得她自己點頭了。

傅盈想了片刻後回答道：「好……我當然願意，等洪哥……哦，不不，我應該叫小叔了吧，等小叔和周宣從香港回來後，我就跟你一起去乾爸家裏吧！」

魏海洪大喜，當即拖了周宣出門，邊走邊對傅盈和金秀梅道：

「那我們先走了，我先跟二哥和老爺子報告這個好消息，等過兩天我們回來後，就正式認這個親！」

魏海洪當然高興，老李家的李為把周瑩娶了，跟周宣家的關係倒是先拉近了，讓老爺子心裏有些悶，當然不是氣惱老李，只是覺得有些不順心。不過昨天晚上，二兒子魏海河專程過來跟老爺子說了傅遠山的事，上面已經開了會，為這事作了討論，魏海河有心給周宣賣個好，提拔傅遠山的事已是很確定了。

任命還沒有決定，魏海河也沒有將最終結果下報到各部，而是先過來跟老爺子商量一下，想把這個消息先跟周宣說，然後讓周宣再把這個消息告訴傅遠山，這樣，傅遠山就會把周宣的恩情永遠記在心裏了。

而後，魏海洪提起周宣要結婚的事，商量要怎麼準備時，老爺子提出了讓魏海河認傅盈作乾女兒的提議，然後讓傅盈從魏家出嫁，這樣比送周宣任何禮物都要好，以周宣的能力，賺錢是輕而易舉的事，他不缺錢，但認傅盈當乾女兒，把她像親生女兒般的嫁出去，這比什麼禮物都貴重。

開車的是阿昌，見到周宣立刻點頭示意，然後拉開車門請周宣和魏海洪上車。

上了車後周宣才想起，趕緊說道：「洪哥……這……我的護照過期了，只有身分證！」

魏海洪呵呵一笑，隨手從衣袋裏拿出一本護照來遞給周宣，說道：「這些事哪用得著你來擔心？放心吧，安心地跟我到香港澳門玩一圈，咱們兄弟……呵呵……」

魏海洪也有些不習慣，又訕訕笑了笑道：「兄弟就兄弟吧，都說少年叔侄當弟兄，要把你當侄子還真有些不習慣，不管這些了，以後她們依她們的，咱們兄弟還是兄弟，這次到香港澳門，咱們兄弟大賭特賭一番，娘的，國內一些貪官污吏在澳門輸的錢，咱們就去狠狠撈一把回來！」

周宣心裏一動，隨即笑道：「好啊，只要能拿得走，咱們就能贏！」

魏海洪嘿嘿一笑，說道：「咱們可不是偷渡過去，以老哥的身分，就是瞎鬧一番，諒他們也不敢對我們怎麼樣，討好我們倒是肯定的，以你的能力，贏錢是小菜一碟，但他們不管用什麼方法都是查找不出破綻的，想想就高興！」

魏海洪童心大發的樣子讓周宣也很興奮，兩人在車上又說又笑的，沒覺察到時間，不知不覺中就到了機場。

這次到香港，魏海洪沒把阿昌和阿德那些保鏢帶上，就只跟周宣過去，送到機場後，阿昌就被魏海洪叫回去了。

時間是魏海洪安排的，到機場後，只等了十多分鐘就登機了。

魏海洪訂的是頭等艙機票，穿制服的空姐攤開手，恭敬地請乘客進入機艙內。

魏海洪和周宣在機艙內靠窗的位置坐下來，他們的座位是頭等艙中最好的位置。坐下後，周宣看到他們前排的位置是兩個烏髮齊肩的女孩子，其中一個聽到周宣跟魏海洪的說話聲時，忍不住回頭一望。

周宣一怔，這個女孩子居然是上官明月！

周宣沒想到竟會在飛機上見到上官明月。而上官明月也沒想到會在這兒遇到周宣，兩人都是呆了呆，隨即訕訕地相互一笑。

另一個女孩子回過頭盯著周宣看了看，也不怎麼在意，隨口向上官明月問道：「明月，是認識的朋友？」

這個女孩子烏髮斜遮了半隻眼，但半張露出來的面孔極爲秀麗，不過眉毛有些斜斜上揚，嘴角微翹，模樣看起來有些野蠻傲氣的樣子。

上官明月還沒說話，周宣自己就說了，微笑著點點頭說：「是，我們認識，我叫周宣，上官小姐，你們到香港是談生意還是旅遊？」

周宣問這話也只是隨便問候一聲的意思，兩個人認識，談不上深交，但總是有些糾纏，見了面問候一聲還是要的，起碼的禮貌嘛。

但周宣話音剛落，那個女孩子就似乎吃了一驚，霍地一下站起身來，叫道：「什麼？你就是周宣？周宣就是你？」

周宣也是一怔，點點頭回答道：「是啊，我就是周宣，怎麼啦？」心想：自己又不是通緝犯，又沒幹什麼殺人放火的壞事，她這是怎麼了？

周宣又瞧著上官明月，只見上官明月臉紅紅的不知道說什麼好，想捂那女孩子的嘴，又覺得不好意思，不知道如何是好。

那女孩子對周宣左瞧右瞧，毫不顧忌地又道：

「明月姐姐，你朝也思暮也想的就是這個周宣？我瞧他也不怎樣嘛，看你茶不思飯不想的，我還以爲周宣是神仙才子下凡了呢，嘖嘖，真是見面不如聞名哦！」

女孩子這話對周宣就有些不禮貌了，魏海洪不禁一皺眉，以他的性格，要不是瞧這是一個年輕不懂事的女孩子，只怕就會給她一個大耳光了！

那女孩子又衝魏海洪一瞪眼，哼道：「你吹什麼鬍子瞪什麼眼？瞧你的樣子，你還想打人不成？」

上官明月一怔，當即嗔道：「愛琳，你……你瞎說什麼呢？」說完，趕緊又對魏海洪不好意思地道：「魏先生，對不起。我這個朋友不認識您，又任性慣了，請您原諒！」

魏海洪本來有些惱怒，但上官明月這樣一說，倒也有些哭笑不得，跟個嬌生慣養的富家千金小姐也沒有什麼好鬥氣的。

上官明月是見過魏海洪幾次的，因爲關心周宣，託人一查，就查到了魏海洪的身分，上官明月得知後嚇了一跳！

魏海洪可跟李爲不同，李爲年輕，胡鬧一下，家裏也不會爲他出面出頭，但魏海洪就不同了，魏海洪年紀大一些，在京城的圈子中極有人緣，又有特殊的身分。

再者，有句話叫做「縣官不如現管」的，魏海洪的二哥魏海河可是京城地面上第一號官面上的人物，京城可是他的地盤，上官明月是做生意的，哪會不明白，魏海洪要是伸個小指頭示意一下，京城裏黑白兩道的人物都會爭著爲他辦事，自己要是得罪了他，人家根本就不用自己動手，她就給人間蒸發了！

剛才很囂張的那個女孩子，名叫顧愛琳，是香港顧氏家族的人，顧氏是香港有名的船王，其家族船運勢力占了東南亞百分之四十的範圍，顧家也是香港最有名的前十大億萬富豪之一，顧愛琳是顧家現任掌門人顧楓華大兒子顧仲華的女兒，家族的財力物力勢力，讓她從小就養成了嬌寵無比的性格，加上人又長得漂亮，確實是有些不知天高地厚的味道了。

顧愛琳跟上官明月是閨中密友，兩人都曾在英國留學，上官明月比顧愛琳高一年級，加上兩人父母有生意往來，所以私下裏感情很好。

顧愛琳注意到了上官明月有些不尋常的地方，因爲上官明月平時也是一個自視甚高的人，能對一個男人如此正式道歉，這種事她從沒見到過。

不過，顧愛琳倒也不覺得有什麼了不起，看魏海洪的樣子，似乎也沒什麼特別之處。

再望望周宣，十分普通，其貌不揚，顧愛琳真不知道上官明月天仙一般的人，怎麼會喜歡上這麼一個毫不起眼的人？

周宣一看就知道顧愛琳是一個含著金湯匙長大的嬌嬌女，跟她也沒什麼好生氣的，笑笑拉著魏海洪坐了下來。

魏海洪當然也沒有心思跟這個大咧咧的女孩子發火，坐下後，吩咐空姐給他們送兩杯飲料過來，順手又拿了一本雜誌看起來，不再理會顧愛琳。上官明月這才鬆了一口氣！

顧愛琳不知道，她剛剛這麼一陣子的嬌蠻，要是換了一個小心眼的人，她們顧家就惹上大麻煩了！

上官明月坐下後，覺得背上猶如針刺一般，渾身不自在，其實周宣並沒有瞧她。

顧愛琳哼了哼道：「明月姐姐，你也太讓我失望了吧？今天我才發覺你的眼光實在太……太那個了！」

上官明月越發的難堪，還好機艙裏正在廣播，空姐用溫柔甜膩的聲音說道：

「歡迎乘坐ＸＸ航空到香港的A212次班機，飛機將於一分鐘後起飛，請各位乘客繫上安全帶，起飛的時候會有些微的震動，請乘客們不用擔心，這是正常的現象，最後，祝各位乘客本次旅途愉快！」

除了周宣只坐過幾次飛機外，魏海洪和上官明月以及顧愛琳都是司空見慣，繫好安全帶後，等待飛機起飛。

第一四〇章 人間天堂

魏海洪帶著周宣上了二樓，
周宣這才發現別有洞天，這兒當真是富麗堂皇，
有餐廳、棋牌房、休息室、娛樂室、按摩室，男男女女的客人到處都是，
周宣看著不禁嘆口氣，當真是人間天堂！

在飛機上，周宣本來想跟魏海洪說說話，聊聊天的，但因為上官明月和顧愛琳在前面，也就不方便了，乾脆不說，看了一會兒雜誌，然後合眼睡覺。

顧愛琳倒是嘰嘰喳喳地跟上官明月小聲說著話。

北京到香港航程並不太遠，晚上七點多鐘就到了，下機後，魏海洪和周宣兩個人竟然都沒帶任何行李，空手來到了香港，而上官明月和顧愛琳卻是一人一個超大的行李箱。

魏海洪雖然不想跟顧愛琳這樣的嬌嬌女惱怒，但也不想跟她們有過多糾纏，拉了周宣大步走在前面。

顧愛琳和上官明月一人拉著一個大箱子，又吃力又不舒服，見魏海洪拉著周宣急走，當即大聲喊道：「喂，喂……姓周的……你怎麼一點也不男人啊？」

魏海洪皺著眉頭拖著周宣越走越快，根本不理會顧愛琳的叫喊。

顧愛琳氣得直跺腳，對上官明月惱道：「明月，你看看，這就是你喜歡的人？哪有半點男子漢紳士風度？兩個大男人空著手，咱們兩個大美女累得氣喘吁吁還拖著箱子，哼哼，氣死我了！」

說完，望著轉角進入候機大廳裏的周宣兩個人，若有所思地道：「明月，我覺得這個周宣有點兒問題！」

「什麼問題？」上官明月一怔，隨口問道，她累是累，可沒有顧愛琳想得那麼多。

顧愛琳哼哼道：「明月，我跟你兩個，就算是只有一個人，只要一招手，那還不有排一公里長的男人來幫忙？你的這個周宣我懷疑，是不是那個……」說著，把嘴湊近了上官明月一些，嘻嘻笑道：「否則的話，一般的男人見到我們這樣的大美女，那還不得流著口水撲上來了？」

上官明月笑罵道：「愛琳，你花癡了是不是？」說完，又嘆了一口氣道：「愛琳，你今天差點闖禍了，知道嗎？」

顧愛琳蠻不在乎撇了撇嘴，有些不屑一顧的樣子。

出了候機大廳，魏海洪才笑道：「兄弟，實話告訴你吧，我就是帶你出來玩一趟，其實沒有什麼生意要談，談生意只是個藉口，那是在盈盈面前的說法而已，要是不那樣說，恐怕盈盈不會放你走吧？」

周宣摸了摸頭，訕訕道：「洪哥，你就是明說了帶我來玩，那也沒什麼啊，盈盈不會拒絕的，這兩天她心情很好！」

周宣是不好意思說，不是傅盈心情好，是傅盈故意放他出來玩，對傅盈的心思，他可是抓得死死的，只要他一裝樣子，傅盈就會心軟了。

魏海洪攔了一輛計程車，帶著周宣先到酒店開了房間。周宣不知道他到底要帶自己玩什麼，只有跟著享受就對了，反正魏海洪也不會害他。

魏海洪接著卻是帶周宣到服裝店，一人上上下下、裏裏外外的買了一身的新衣服，然後回酒店洗了個澡，換了衣服，一身光鮮的從房間出來後，魏海洪才神秘地道：

「跟我到一個地方！」

周宣笑了笑道：「要賭錢去了？」

「在香港哪有地方賭？」魏海洪搖搖頭道：「要賭，那得到澳門，現在，我是帶你去一個特別的地方！」

周宣不知道魏海洪會帶他到哪裡去，他心裏猜想多半是到地下賭場之類的地方，因爲在香港，除了賽馬以及公海賭船之外，是沒有正式合法的賭場的，要賭的話，只能到澳門。

但瞧魏海洪現在這個樣子，又哪裡像是到澳門去？不過周宣並不擔心。

魏海洪攔了輛計程車，跟周宣兩個人上了車後，對司機說了地址，周宣沒來過香港，自然也不知道是哪裡。

坐在車裏望著車窗外的風景，周宣第一次來這個世界聞名的地方，感到十分新鮮，不過看了一陣子，卻也沒覺得與內地的大城市有什麼不同。

其實這幾年內地快速發展，與國際大都市並沒有太大差距，而且內地人與國際最先進的城市，文化風貌以及各種生活習慣也並沒有多大區別，所以沒過多久，周宣就失去了新鮮感。

就是路過的一些女子，衣著裝束並不一定就比內地新潮或者更暴露，在這一點上，內地的女子這幾年與香港女子相比，似乎是青出於藍而勝於藍了。

魏海洪帶周宣到的地方是一個富豪會所，在半路上，魏海洪就打了個電話出去，聽語氣應該是約了香港的朋友一起到會所聚會。

會所大廳裏，幾名靚麗的前臺女子躬腰迎接，魏海洪擺擺手，似乎很熟，接下來，前臺的女子給了魏海洪和周宣一人一個繫在手腕上的小號碼牌子。

周宣接了一個，學著魏海洪的樣子套在了手腕上，大廳裏往裏有兩個入口，一邊是男賓，一邊是女賓。

男賓這邊出來兩個服務生，恭敬迎著魏海洪和周宣，嘴裏說道：「先生，請跟我來！」說完帶著兩人往裏面走。

裏面的所有地方都是箱式櫃檯，跟超市裡的儲物櫃有些相像，小儲物櫃上有號碼，周宣瞧著手腕上戴的那個東西也有號碼，自己手腕上的號碼是一百二十二號，再瞧瞧服務生帶他們倆來的地方，儲物櫃上的號碼正是一百至兩百之間的，估計這些真是儲物櫃了。

周宣猜想可能是要儲放各人的錢物等貴重物品吧，果然，那兩名服務生要了兩人手腕上的牌子，然後拿到相應的號碼櫃子上一貼。這牌子是感應鎖，「啪」的一聲就打開了。

兩個服務生打開櫃子，裏面是一雙沖浴的拖鞋，拿出來放到魏海洪和周宣腳下。周宣明白是要他們換鞋，瞧了瞧魏海洪，見他坐到中間的軟墊子上脫起鞋來，果然沒錯，也就照樣子坐下來脫鞋脫襪，換了拖鞋穿上。

再瞧了瞧魏海洪，周宣就有些訝然，魏海洪解著衣扣，竟然脫起衣服來！

難道是魏海洪嫌熱，上衣都不穿了？

魏海洪見周宣望著他，嘿嘿笑了笑，說道：「脫！」

周宣沒明白什麼意思，但見魏海洪把上衣脫了，遞給他身邊的服務生，那服務生用衣架子撐好掛到了櫃子裏面，然後魏海洪又把褲子脫了遞給他掛好。

周宣這才知道魏海洪叫他脫的意思，趕緊把上衣和褲子也脫了，只是服務生把他的衣服褲子掛好後，又站在他身邊緊緊地盯著他。

周宣就有點奇怪了。自己身上就剩內衣和內褲了，大半身都是光光的，他盯著自己幹什麼？怪不好意思的。

周宣奇怪的時候，又側頭望了望魏海洪，只是這一瞧，頓時紅了臉趕緊把頭側開，收回了視線！原來魏海洪把內衣內褲都脫得光條條的，赤裸裸的身子很晃眼！

周宣這才明白魏海洪剛才跟他所說的「脫」的意思，紅著臉見那服務生還是緊緊地盯著他，只得側過身子把內衣內褲脫了，然後自己一把塞進了櫃子裏，然後迅速從邊上的毛巾櫃子裏扯了一條浴巾出來，把自己的身子遮了起來。

魏海洪這時也拿了浴巾包住了下身，向周宣一招手，笑道：「兄弟，先沖個澡先！」再過去就是一格一格的浴室了，魏海洪進了其中一格，把浴巾掛在邊上，接著就聽到嘩嘩的水聲。

周宣也進了一間，沖浴的格子大約有三個平方，壁上的格子裏有幾種洗髮精和沐浴乳，周宣把浴巾掛了起來，這時候沒有人瞧著，倒是自然了些。

伸手把沖涼的蓮蓬頭開關一開，水就從頭頂上如澆花一樣淋了下來，噴頭上還有個溫度調整器，指標上正指在三十九度上。

這個溫度很合適，也不覺得燙，周宣沒有再調，這水溫很舒服，洗澡也洗得痛快。狠狠洗了好幾遍，似乎全身的皮膚的毛孔都鬆了開來，覺得人都輕了好幾斤。

用毛巾抹乾了身上的水，出來後，魏海洪已在外邊等著他。

服務生問：「先生，請問要便利型的衣服還是衛生服？」

魏海洪擺擺手，說道：「便利型的！」

衛生服是重複使用，洗過後消毒了再使用，便利型的就只能穿一次，但是便利型的服裝是要加錢的，衛生服不用再加錢。

那服務生在帳本上記了魏海洪和周宣號碼的賬。

接著，魏海洪帶著周宣上了二樓，到了二樓後，周宣這才發現別有洞天，這兒當真是富麗堂皇，有餐廳，棋牌房，休息室，娛樂室，按摩室。男男女女的客人到處都是，周宣看著不禁嘆口氣，當真是人間天堂！

有錢人的生活就是這樣吧，周宣雖然也算得上是超級富豪了，但說實在的，他的身家算得上是暴發，生活習慣與往來朋友卻還是局限在他那個圈子中，與真正的上流社會格格不入，算是並沒有踏入這個圈子中。

今天第一次跟魏海洪來休閒會館，還真不習慣，特別是服務生盯著自己光條條的身體時，那份不自在真的難以形容。

魏海洪邊走邊問道：「兄弟，旅途勞累，要不要按摩一下，放鬆放鬆？」

周宣臉一紅，趕緊回答道：「洪哥，算了吧，剛才洗澡洗得很舒服了，要不就回酒店吧？」

「回酒店？」魏海洪一怔，隨即笑了起來，「呵呵，我帶你來放鬆一下，可不是專門過來洗澡的，要是只是洗澡，就在酒店中洗就行了，又何必跑這麼遠！」

魏海洪說完，就對站在邊上的女服務生說道：「娛樂房二一二號！」

那女服務生點點頭，恭敬地道：「先生，請跟我來！」

踩著紅地毯，從巷道中過去，又轉了一個彎，通道上有個大大的牌子，上面有幾個字：「娛樂廳」！

進入娛樂廳後，有個大廳，大廳裏有很多臺子，大人小孩一桌一桌的，似乎是一家人一家人的，旁邊是一間一間的小房間，門上有號碼。

女服務生帶著魏海洪和周宣兩個人進去，到了二二二號房門前，先伸手輕輕敲了敲門，然後打開門，做了個請進的手勢，等魏周兩個人進去後，女服務生把門輕輕拉上後，自己離開了。

房間裏面有三個人，三個男人，兩個三十多歲，一個五十多歲，瞧著魏海洪笑道：「洪哥，來了？」

三個人都站起身請魏海洪和周宣坐下來，臺子上擺著一副撲克牌，三個人可能正在玩牌，各自面前還有一些籌碼。

魏海洪跟周宣一坐下來，左邊一個三十來歲的中年男子就給他們拿過來一些籌碼。

那個老者笑了笑問道：「洪哥，這位小老弟就是你說的高手？」

這個老者五十多歲，嘴裏卻是也叫著「洪哥」，看來也是知道魏海洪的真實身分的。

魏海洪也笑笑道：「高不高你們試過了才知道，先介紹一下吧，他叫周宣，是我兄弟！」然後又對周宣介紹著那三個人。

左面那個三十來歲的中年男子名叫華劍星，右邊的男子叫顧園，對面的那個五十多歲的男子名叫曾國玉。

魏海洪只是說了名字，也沒跟周宣提起他們是幹什麼的，但周宣見到那兩個中年男子手上都戴了個挺大的深綠色翡翠戒指，運起冰氣一測，立即知道是極品的翡翠料，光手上的翡翠戒指就要值五百萬以上，從這便知道他們的身分不一般，至少是有錢人。

周宣熟的也就是測這些珠寶古董的真僞，這個是他的長處。

魏海洪又瞧了瞧桌子上的撲克，笑道：「老曾，你們玩的是哪一種？」

曾國玉也笑了笑，回答道：「你們沒到，我們就玩了幾把二十一點，洪哥，你們要玩哪一種？」

魏海洪瞧了瞧周宣，問道：「兄弟，你想要玩哪一種？」

要說到賭博，周宣就無所謂了，只要不是他不懂的，無論哪一種，對他來說都無所謂，因爲他知道別人手裏底牌的大小，賭博嘛，要麼是出千，要麼就是憑運氣硬賭，但硬賭的話，還講心理戰術，這些他都不怕，有冰氣在手，如果是生死賭局，自己還能把別人的底牌轉化吞噬掉，讓自己占了先機。

周宣對所有的玩法都無所謂，笑了笑隨口答道：

「玩什麼都可以，我們就客隨主便，你們說吧，要玩哪一種就玩哪一種！」

華劍星跟顧園都是富家公子，平時什麼沒玩過？曾國玉倒是特別些，他早年曾經在青幫中混過，而且地位很高，後來因爲跟幫裏幾位主持的老大提議改革轉型，從最初的打殺收保護費、看場子等，轉型爲投資做實業，儘量讓幫裏兄弟走上正道，把身分漂白，但最終與幫裏的幾個老大意見不合而鬧翻了，一氣之下就離開了青幫。

不曾想這對他來說反是好事，幾年後香港回歸，雖然仍然是自主自治，但畢竟香港的歸屬權已經不是英國人，而香港的步調基本上也跟著內地走了，對於幫派的打擊力道很大，香港一些幫派有遠見的領導人轉型早的，倒是生存了下來，剩下的就遭到了致命的打擊。青幫也自此一蹶不振。曾國玉當年的遠見倒是得到了幫派中的認同，雖然他不在幫派中了，但行中人對他的尊敬倒是不曾少，也有不少轉型成功的幫派仍舊來高薪聘請他，但曾國玉都一一拒絕，對外自稱是金盆洗手了，從此不再踏足幫派紛爭中。

這一次事件的起因，是他們三個人最近都輸了很大一筆現金，華劍星和顧園較熟，與曾國玉不是很熟，但經常在賭場中見面，也認得，在地下的玩局中，有一個叫馬樹的三十來歲的男子，出現在香港的地下賭場中，這個人不知道是運氣好還是賭技好，總之是場場贏錢，玩什麼都得心應手，叫什麼來什麼，華劍星和顧園在他手中輸得尤其多。

曾國玉這種人就已經是江湖上的老狐狸了，要騙過他可不是一件容易事，而華劍星和顧園也是賭場中的常客，一來家底好，錢多，在局中也是有輸有贏，玩的只是一個刺激，雖然對賭技不是很精，但絕對不傻，不會笨到由人擺佈隨便給人家錢。

以前的賭局，儘管輸的時候多，但還是有贏的時候，到結尾，輸的數目也並不是特別大，但這一次就不同了，從頭到尾都是輸，而且輸紅了眼後就加大了注碼，結果輸得更多。

幾個人都疑心起來，但無論怎麼注意和觀察，卻都找不到這個馬樹出老千的手法，俗話說，捉姦要捉雙，拿賊要拿贓，找不到人家出千的證據，再懷疑也沒有用。

魏海洪跟他們幾個是朋友，以前在香港就認識了，特別是華劍星和顧園這種家庭，家族的人特別想結交魏海洪這種京城的高層子弟。

魏海洪是在無意中給顧園打了個電話，兩人聊天時隨口提起了這件事，魏海洪立即想起了周宣來，他曾經帶周宣到公海賭船上玩了一趟，而那次周宣大殺賭船上的高手，贏了幾百萬。

那次經歷歷歷在目，顧園一提起，魏海洪就跟他說自己有一個賭技高手的兄弟，顧園一聽，興趣也來了，馬上請魏海洪把他朋友帶過來，並打了包票，如果魏海洪的朋友真有那麼高的賭技，能幫他們贏回錢來的話，他們三個就付給這位朋友一半的酬勞，往來的費用和賭資也都由他們來負責。

魏海洪跟他們幾個關係不是很鐵，但也說得過去，以前來香港時，顧園和曾國玉可是對他不錯，這個忙還是可以幫的，而且又不損失什麼，只需要把周宣帶到香港轉一圈，賭兩把，能贏則好，贏不了也無所謂，他們過來可不是賣命的，當然，這些人也是不敢把他們怎麼樣的。

魏海洪來之前，已經給他們三個人打了電話，這三個人早在休閒會館安排好了地方，等著他們兩個到來。

只是一到之後，三個人見到周宣，明顯就有些大失所望，就這麼個年紀輕輕的年輕人，能有多大能耐？所以曾國玉和顧園說話也就有些無所謂的淡然了，只是礙著魏海洪的面子，不便直接就擺在臉上。

周宣自然也是無所謂的樣子，他們說玩什麼就玩什麼，並不要求自己選擇哪一樣。只有魏海洪對周宣的信心是毫不動搖的，經歷了這麼多，他已經深刻認識到，周宣的能力似乎是無與倫比的。

不過在這兒，魏海洪也沒有打算多說多解釋什麼，說得再多，還不如讓他們三個人在現場中輸給周宣來得更有說服力。

周宣笑了笑，沒有再說話，只是等著華劍星三個人說玩法。

第一四一章

天生贏家

按照一般的賭徒心理來說，
要想贏錢的話，通常不會一次就把籌碼下完，
如果這一把輸了的話，那就沒機會贏錢了，
一次就把籌碼下完的人，除非是有絕對把握，
但在賭桌子上，又有誰有把握絕對能贏呢？

華劍星望了望周宣，又瞧了瞧顧園和曾國玉，倒是曾國玉開了口：

「這位是周先生吧，要不，我們就先玩玩三公吧，三公，周先生玩過嗎？」

周宣點了點頭道：「沒玩過，但是我懂！」

三公就是三張牌加點數，九點最大，三張花牌就叫三公，K大過Q。Q大過J，但因爲是論點數，所以大部分的地方會把三個三做最爲最大的牌面，比三個K還大。

「周先生懂就好！」曾國玉點點頭，然後又道：「周先生，你面前的籌碼是一百萬，就以這一百萬爲底，你能贏多少就拿多少！」

曾國玉這話的意思就是，周宣以那一百萬的籌碼爲本錢，贏多少都是他的，但一百萬的底卻不能算。

其實就是要他們對賭，贏到的錢就是贏了，輸了就無所謂，自己不用掏錢。

魏海洪笑了笑，沒說話，這是華劍星他們三個人要試一下周宣的賭技，並不是真賭，他也沒必要一起玩。

曾國玉說完，就把撲克牌拿到手中洗了起來，上上下下洗了好幾次，然後托在手掌上請周宣切牌。

周宣隨意切了十來張牌，曾國玉打開一半，底面的牌是一張梅花五，按照順序，從他自己起四個人，這第一張牌就發給了自己，三圈下來，每人三張牌，一共發了十二張牌。

周宣運起冰氣，首先測了曾國玉的牌面，他是「三、四、十」三張牌，算點數是七點，不算小，自己的牌面是「二、三、J」，五點，比他的要小。

其他兩家周宣也不測，因爲這種玩法只論莊家和閒家，周宣與華劍星和顧園都是閒家，互相沒有利害關係，只與曾國玉分勝負，但自己是五點，小過他的七點。

三公不像別的玩法，無論你下多少注金，結果都是要比底牌的，所以不像金花或者梭哈那般可以耍詐玩心理，沒有技術可言，純粹是講運氣。

但很多賭牌玩家喜歡玩這個，因爲普通人玩這種玩法的多，做莊的人通常就會玩詐，這種詐不是玩心理，而是偷牌，換牌，或者做牌，這在行內叫做「出千」！

曾國玉發完牌，然後對周宣道：「周先生，請下注！」

按照常規來說，玩三公都是在發牌前下好注碼，而不是發完牌後才下注，不過他們這個不是正式的，只是想要測一下周宣的賭技，也就無所謂。

周宣搖搖頭，淡淡道：「這一局，我不下！」

華劍星是六點，顧園是九點，不過按牌規是不准看牌面下注的，所以他們並不知道自己的底牌是多大，也就都各自下了個一萬的籌碼，結果就是一贏一輸。

曾國玉發第二次牌後，周宣也跟著測到了，這一把曾國玉是八點，而他是三條花牌，「J、Q、Q」，這個也叫做三公，僅次於三K的三公和三條三。

曾國玉笑笑又對周宣道：「周先生，這一把下注麼？」

從第一把的情況看來，周宣牌面確實小一些，但這並不表示周宣賭技好，一來這種是靠運氣，二來還是賭玩家的膽量，當然，這種靠運氣的賭法，有膽量就多下，沒膽量自然就少下了。

周宣淡淡笑了笑，然後把面前的籌碼全部推了出去，說道：「這一把我全下！」

這一下又把曾國玉、華劍星和顧園三個人弄得一愣，第一把周宣的膽小，讓他們一點也不再注意，但這一把周宣卻又忽然把籌碼全下。

一開始他們三個人都口說了個協議，周宣如果輸了錢，當然就不理會，如果周宣贏了錢的話，這個錢由他們各出三分之一，但想不到的是，周宣竟然有膽量一下子出一百萬的注，但轉過頭一想，周宣這是死豬不怕開水燙，輸了不用他自己負責，贏了又是他的，下得大確實不意外。

但按照一般的賭徒心理來說，要想贏錢的話，通常不會一次就把籌碼下完，如果這一把輸了的話，那就沒機會贏錢了，一次就把籌碼下完的人，除非是有絕對把握能贏，但在賭桌上，又有誰有把握絕對能贏呢？

周宣當然是絕對能贏，因爲底牌他已經知道了。

曾國玉怔了一下，然後還是笑著道：

「周先生，請開牌吧！」

周宣微微一笑，伸手把牌翻了開來，頓時幾個人都是一聲驚呼：「三公！」

曾國玉心裏一沉，雖然說是讓周宣拿贏走的錢，但沒看到他有多大的本事，卻莫明其妙就輸了一百萬，心裏當然是不痛快的。

華劍星和顧園也都是這種想法，如果周宣真有那麼強的本事，這點錢當然是小錢，但給錢也得給在刀口上，如果是不值得的人，一分錢他們也不願意給。

曾國玉翻開自己的底牌，是個八點，點數雖然大，但對周宣來講，他已經輸了！

曾國玉愣了一下，老實地把面前的籌碼數了一百萬推出去，然後再發牌，這一次發牌前後，曾國玉、華劍星和顧園三個人更是緊緊地盯著周宣，以防他出千偷雞。

周宣面上始終是淡淡笑容，對發下來的牌動都不動一下，瞧都不瞧一眼，但冰氣早測到了，自己這一把是個「四、七、Q」，加起來只能算是一點，很小的牌面了，但曾國玉的卻是更差！

他的底牌是「三、三、四」，加起來就是最差的牌面，沒有點！

周宣笑了笑，把面前的籌碼又一次全部推了出去！

華劍星三人又是一怔！這才剛剛贏了一百萬，沒必要再這麼下啊？

但周宣似乎是不動聲色的樣子，好像他推出去的不是值兩百萬的籌碼，而是與他無關的東西一般。

在旁邊看著的人，不僅僅是華劍星和顧園，就連魏海洪也是盯著周宣，雖然他知道周宣有特殊的本事，但卻不知道到底是怎麼辦到的。

但周宣的本事又豈能是肉眼能看到的？

曾國玉看到周宣下了注後，想了想，然後又說道：「周先生，那就請你開牌吧！」

周宣笑笑道：「有勞曾先生替我開牌吧！」

周宣的意思，他自己完全不動手，不碰牌，讓他們無法瞧出破綻來。

曾國玉也不多話，這不是講客氣的時候，點點頭後，伸手揭開了周宣的底牌，一個梅花四，一個方塊七，最後一張是方塊Q，一點！

幾個人都是「哦」了一聲，但華劍星和顧園以及曾國玉聲音裏，明顯聽得出來是鬆了一口氣的。只有魏海洪不以爲然，他知道，周宣絕不可能在輸的牌面上下這麼大的注碼的。

果然，曾國玉慢慢翻開自己的底牌，第一張是紅桃三，第二張是方塊三，第三張還沒翻，華劍星就忍不住叫了一聲：「不要四五！」

按照曾國玉的牌面，如果最後一張不是四或者五，而是其他的任何一張牌，那周宣就輸了，按照機率來講，周宣只有百分之五的機會能贏，輸的機會卻是百分之九十五。

曾國玉翻第三張牌時，手都有些發顫了，很奇怪，他們之前輸的錢遠不止這個數，一兩百萬對他們來說，只是很小的數目，但此刻，他卻不由自主地在心裏發了顫！

心理作用！完全是心理作用！

周宣並沒有表露出有多好的賭技，因爲他連牌都沒有碰一下，但曾國玉和華劍星、顧園三個人害怕的竟然是他那種氣勢！

最後一張牌，翻出來是黑桃四，偏偏就是不要的兩張牌之一！

輸了，又是兩百萬！一眨眼就輸了三百萬出去了！

才發三次牌，短短的十分鐘時間不到，曾國玉就潰敗了。

而且，沒人瞧得出周宣有任何一點賭技。

曾國玉抹抹了額頭的汗水，把牌往顧園面前一推，訕訕道：

「小顧，你來發牌吧，我有點糊塗了！」

顧園眯著眼瞧了瞧周宣，周宣仍舊是一副淡淡微笑的模樣。

顧園也沒多話，接了牌在手中俐落地洗了幾遍，然後發牌，手腳看起來確實要比曾國玉靈活一些。

這時候，周宣的注意力自然就轉到顧園身上了，因爲他是莊家。

發了牌，顧園的底牌是二八十，居然給他自己第一把牌就發了個臭蛋，而周宣的底牌也不好，三八J，一點，跟顧園這個莊家比，一點就夠了。

這個牌講的就是運氣，知道底牌大小後再下注，周宣本就占了極大的優勢，要是像普通玩三公那樣，在發牌前下注，那周宣就沒辦法知道誰的底牌大，誰的底牌小了！

當然，顧園他們是不知道這個原因的，要是明白的話，也就不會說這種玩法了，輕輕鬆鬆就讓周宣贏了三百萬，虧死了！

顧園發完牌，然後對周宣道：「呵呵，可以下注了！」

這時候，他們幾個人可都是把周宣盯得緊緊的，周宣從上一把開始，那是連牌都沒碰一下，應該是絕不可能出千的！

周宣笑了笑，想也不想，雙手把面前的籌碼又全部推了出去，贏的三百萬再加上底金一百萬，一共是四百萬的籌碼，一個不剩全推了出去。

顧園三個人仍然呆了呆，周宣每一下動作都能讓他們呆一下，這一次依然不例外。

呆了一下後，顧園請周宣開牌，這時候，對周宣的口氣也恭敬了許多。

周宣一擺手，笑笑道：「還是請顧先生替我開牌吧！」

顧園也不客氣，盯得緊緊的，伸手把周宣面前的底牌翻開來，黑桃三，方塊八，紅桃J，一點！

三個人面色稍微放鬆了一下，雖然上一把也是一點贏了曾國玉的零點，但那樣的事不會每把都碰上吧？

顧園開始翻自己的牌，第一張是紅桃二，第二張是梅花Q。

翻了兩張牌，顧園和華劍星、曾國玉都是緊張地捏著拳頭，但表情輕鬆得多了，最後一張牌只要不是八，任何一張牌都會贏。

但最後一張牌一翻出來，三個人心裏都像被大鐵錘重重打在心口！

怕什麼就來什麼，不想要的就偏偏來了！

這張該死的八！

他們又輸給了周宣四百萬，除去一百萬的底金，他們要給周宣七百萬了！

這對他們來說，已經超出了預先所想的結果，錢倒不是特別多，平攤下來，一個人兩百多萬，但心裏如何爽快？

周宣這是靠運氣吧？牌都沒碰到，就贏了他們七百萬！

顧園這時腦子發燙，想也不想就洗牌，再發牌，這一把他自己倒是拿了個九點，三六Q，而他不知道，周宣同樣也是個三六Q。

按照三公的規則來說，如果莊家和閒家的牌面都是一樣的話，就要比花色了，黑紅梅方，黑桃大紅桃，紅桃大梅花，梅花大方塊，黑桃最大，方塊最小。

周宣的是黑桃Q，顧園是的梅花Q，按花色比，周宣大過顧園。

顧園嗡嗡地道：「周先生，下注吧！」這種純粹靠運氣的賭博，他們可不相信周宣的運氣會好到底。

周宣微笑著輕輕搖了搖頭，然後又把面前的籌碼全部推了出去，一共是八百萬了。

這一下，無論是哪一個，顧園三個人都有些吃不消了！

不說錢，按這樣賭下去，周宣如果再有幾把運氣好，贏的可就不是小錢了，雖說也有可能會一把輸掉所有的，但如果贏了的話，那可是會讓顧園他們三個肉痛了！

本來是想小小試一下周宣的賭技的，誰知道賭技沒試到，卻是讓自己三個人失血了！

顧園這一次乾脆連說也不說了，直接就把周宣的底牌開了出來，紅桃三，紅桃六，黑桃Q。

「九點！」三個人都失聲驚呼了出來！

這個牌面，周宣幾乎有了九成以上的贏面，這如何讓顧園三個人不驚呼？

一開始只是輸了小小的一百萬，雖然驚訝周宣的膽大，但卻不以爲意，誰知道周宣接下來把把都是全額投注，這個翻滾速度，那他們幾個是吃不消的。如果這一把輸掉的話，那就輸了一千五百萬，這可不是小數目了。而且，按現在的情況來說，顧園輸的可能性是九成了！

手指還真有些發顫，翻了第一張牌，一張黑桃三；又翻了第二張牌，是方塊六，這前面兩張牌也是九點！

顧園有些口乾舌燥，捏著最後一張牌直喘氣。

華劍星使勁叫著：「K，K，K，K……」

這最後一張牌只能是K，才能贏周宣，周宣的Q是黑桃，花色已經是最大，顧園的牌只有一張K才能贏，一副牌裏只有四張K，但曾國玉的底牌裏已經有了一張梅花K，所以底下的牌中就只有三張K，只有三個機會！

顧園顫抖的手終於把牌翻了過來，卻是一張梅花Q！

輸了！又輸了！

三個人平均輸了五百萬！

顧園把籌碼賠給了周宣，然後把撲克牌抓起來洗，但發牌的時候卻是有些遲疑。

華劍星忽然插口道：「算了算了，不玩這個，這個就是靠運氣，我們還是來點有技術性的玩法，玩梭哈吧！」

他們三個人輸給馬樹過億的金額就是玩梭哈輸的，平常他們在賭場玩得最多的也是這個，也最熟，自己也覺得最有把握，但輸卻也是輸在最有把握的牌上面！

顧園和曾國玉沒有異議，不過周宣沒玩過梭哈，也不知道是什麼規則。

「我沒玩過梭哈，你們先說說玩法和規則吧！」周宣對玩什麼本就不反對，他只要知道是什麼規則，怎麼玩就可以了，對他來講，什麼玩法都是一樣的。

華劍星點點頭說道：

「沒玩過嗎？那我給你說一下規則，玩梭哈是五張牌，不過也有七張牌的。與三公不同的是，梭哈每盤都是要下強制性的底注，也就是內地人常說的下鍋底，然後發給每個玩家兩張面朝下的底牌和一張面朝上的門牌。拿到最小門牌的玩家必須支付最初的下注，叫做bring-in。它通常是小注的一半，或有時是一整個小注。如果兩個玩家有同樣大小的門牌，那麼花色按照向上的次序決定誰來支付bring-in。」

「在支付bring-in後，從支付它的玩家開始，其他的玩家可以加注、跟注或棄牌，每個玩家在每條街和隨後的下注輪得到一張公開的牌，誰的公開牌有最大的組合就從誰開始下注，每個玩家獲得一張面朝下的牌，同樣還是從公開牌最大的玩家開始。如果牌的數量不夠，那麼用公共牌取代，發給每個玩家一張牌。這個玩家必須使用這張牌。周先生，明白了嗎？」

其實只要是玩賭的人，任何玩法，只要一點便透了，周宣當然不例外，賭錢的玩法沒有多複雜的，複雜的就沒有人玩了，能細分的只有精與不精了。

「明白了，你再說一說牌面大小的分法！」周宣點點頭，又問了另一個需要瞭解的問題。

華劍星對周宣是否真的不瞭解並不清楚，甚至有些懷疑周宣不懂是不是裝出來的，在他心裏面，他覺得周宣更有可能是裝的，但對周宣的問題還是認真地回答著。

「在梭哈裏面，最大的是同花順，以A爲首爲最大，如果都是同樣大的數字，那麼就要分花色，以黑紅梅方的順序來分，黑桃最大，方塊最小，第二種就是四條，這個你應該是明白，如果都是同樣的四條，那就要比剩下的那張單牌，如果單也一樣，那就比花色，然後就是富爾豪斯……」

「富爾豪斯是什麼意思？」周宣馬上打斷了華劍星的話頭，這個他不懂，不懂的就要問清楚。

第一四二章

富爾豪斯

華劍星笑了起來，看來這個周宣還真是不懂，
只要玩過梭哈的人，幾乎都知道富爾豪斯是什麼意思。
但笑過後心裡卻覺得有些苦澀，就這樣一個連賭法都不太懂的人，
竟然隨便就贏了他們一千五百萬！

華劍星笑了起來，看來這個周宣還真是不懂，不管是在香港還是內地，只要玩過梭哈的人，幾乎都知道富爾豪斯是什麼意思。但笑過後心裡卻覺得有些苦澀，就這樣一個連賭法都不太懂的人，竟然隨便就贏了他們一千五百萬！

「所謂富爾豪斯，就是三條加一個對子組成的牌，若別家也有一樣的牌，那就要比三條數字大小，富爾豪斯之下就是同花了，這是不構成順子的五張同一花色的牌，先比數字最大的單張，如相同再比第二張，第三張等等，同花之下是順子，順子下面是三條，這個三條不是富爾豪斯，這個三條是指淨三條加兩個單張！」

華劍星說到這裏，還專門爲周宣詳細解說了一下這個三條與富爾豪斯三條的不同，富爾豪斯是三條外加一對，那要比順子大，順子又比三條加一對單張大。

「三條之下就是兩對了，五張牌中由兩對牌加一張單組成，大小則先對比大的那一對，然後比第二對，如果兩對都一樣，則比單張，如果單張也一樣，那則比大對的花色，三條之後就是單對了，五張牌中只有一對，其他則是散牌單張，如果拿到一樣的就比對子大小，對子一樣就比花色。」

華劍星說到這兒，就指著牌說：「最後就是散牌，五張單一的牌，不成對，不成三條，不成順子，不成同花，不成富爾豪斯，不成四條，先比最大一張牌，如果這張牌一樣大，則比花色！」

聽到這兒，周宣基本上是明白了，有一些略微的細節還不太瞭解，但大體上是明白了。這種梭哈的玩法，實際上跟詐金花很相似，只是細節有些不同，但華劍星一說他就懂了，這就跟抽菸的人隨便抽一支菸便知道菸的好壞，喝酒的人喝一口酒就知道酒的優劣一般！

華劍星把牌抓起來洗了幾遍，然後說道：「下底料就每盤一萬塊吧。」這個時候要是還小小地來玩，周宣就是盤盤不跟不賭，最多拿幾十萬下鍋底就夠了，幾時才能把他手裏的錢贏過來？

魏海洪仍繼續觀看，這個並不是真賭，只是華劍星三個人要試一試周宣的賭技，他沒必要下場參賭，只是他們放出話來，只要周宣能贏，那贏多少就是他自己的了，按道理來講，也就不算是假玩試賭了，由不得華劍星三個人鬆懈，因爲他們輸的也是現金，是要掏錢的。

而周宣偏偏讓他們失了血，卻沒讓他們看到自己的賭技，能不能真的贏，他們一點把握都沒有，因爲周宣從一開始到現在，只有第一把摸過牌，剩下的賭局中，連牌都沒摸過，這叫他們只能想像周宣純粹就是靠運氣贏的。

周宣點點頭，表示完全瞭解，然後挑了一個一萬的籌碼放進桌子中間，接著，華劍星、顧園、曾國玉也都放了個一萬的籌碼。

華劍星接下來開始派牌，他下家是顧園，然後是周宣，最後是曾國玉，每個人都是一明一暗兩張牌。

按規則，暗牌是不能看的，只能到決勝負時才可以翻開，周宣雖然沒玩過梭哈，但在電影裏見過，以前見周星馳的賭俠賭聖，周潤發的賭神，裏面都有梭哈的蹤影，大體上不明白，但見過，現在由華劍星親自一解釋，那就什麼都明白了。

發出來的一張明牌中，周宣的是方塊七，顧園的是梅花五，華劍星的是紅桃K，曾國玉的是黑桃九。

最小牌面的是顧園，規則是由最小牌面的最先說話，顧園想也不想就扔了一塊一萬元的籌碼選擇了跟，通常的賭局中，第二張牌是看不出來什麼走向的，選擇跟還是扔牌，通常在第三張牌開始。

顧園發話了，接下來就輪到周宣，周宣當然跟了，但加了碼，推了十萬籌碼進去，畢竟還是第一次玩這個，不是不懂規則的原因，是因爲有四個人玩。

周宣雖然測得到每個人的底牌，也測得到下一張牌會發什麼下來，但有四個人，他一時也算不明白輪到他會發哪一張，而另外三個人又會是什麼牌面。

當然每個人的牌周宣都能測到，但他腦子一下子轉不過來，每個人到第五張牌後會是什麼牌面，這得需要極高的記憶力和算術能力，而且還有不確定因素，因爲中途也許會有玩家因為牌面不好而棄牌，這就更增添了難度，而他可沒有那麼好的記憶力和算術能力，只是有冰氣而已。

曾國玉和華劍星也都跟了下去，一人十萬，只是沒有再加碼。

然後，華劍星又每人發了一張牌，周宣這次得到的是一張方塊六，顧園是梅花十，曾國玉的是黑桃二，華劍星是黑桃K。

從第三張牌開始，則是按牌面最大的說話，這一輪，是華劍星的黑桃K最大，而且再加上前面一張牌面來看，他也是最大，他有一對K了。

華劍星這才笑了笑，臉上多了很多笑容，心想：運氣總算回來了，幸好換了玩法，要是還以三公繼續下去，以周宣那種每盤都孤注一擲的玩法，再贏兩局，他們就要輸六千多萬了！

「我跟注，再加一百萬！」有一對老K在手，華劍星當然要跟要加注了，否則那一千五百萬什麼時候才能拿回來？雖然早說了是讓魏海洪帶來的高手能贏就先給的甜頭，但怎麼說也不想昏頭昏腦就輸了。

顧園拿的牌面是梅花十，前一張是梅花五，有同花的可能，在這個時候，他自然是不會丟牌，也推了一百萬的籌碼出去，跟了。

周宣不用多考慮，在之前他是要跟的，動用冰氣來決勝負的時候，那是要等到最後的，再說他手裏拿到的是方塊六，上一張是方塊七，而那一張暗牌卻是方塊十，有機會拿到同花和同花順。

看到周宣也跟了一百萬，曾國玉選擇了棄牌，他手裏面的牌是兩張散牌，牌面又小，輸面大，強行跟進去也只有給最後的贏家送錢，要是再便宜了周宣，那他們就冤大了！

華劍星再發牌，這時少了曾國玉，就是他們三個玩家了。這時，周宣也運起了冰氣探測著華劍星手中的牌，將要發給華劍星的還是一張K，給顧園的是一張梅花四，而給他的卻是一張紅桃五！

周宣眉頭一皺，又測到再下一張才是方塊九，想也不想趕緊把紅桃五轉化吞噬掉，接著，華劍星發了牌。牌面上如周宣所測，華劍星是K，顧園是梅花四，而周宣是方塊九。

周宣又測到華劍星的暗牌是一張方塊三，不是K，但顧園的暗牌是梅花K，顧園的四張牌都是梅花，有同花的可能，而華劍星卻是沒有可能拿到四條K，因爲顧園的底牌裏有一張K！

這時候按明牌面的大小來看，華劍星最大，明牌就是三條K，顧園是梅花四，梅花五，梅花九，暗牌是梅花K；周宣的是方塊六七九，暗牌是方塊十。

按現在的牌面來看，是華劍星的三條K最大，但周宣測得到暗牌。如果再加上暗牌的話，是顧園的同花最大，其次是周宣的同花，最後才是華劍星的三條。

周宣又測了一下桌子中間的牌面，如果發牌的話，華劍星會最先發顧園，然後是周宣，最後才是華劍星自己，而桌子中間的底牌，第一張是紅桃二，第二張是梅花Q，第三張是方塊二，第四張是方塊八，第五張是黑桃三，第六張是梅花五。

周宣心如電轉，馬上便想到，顧園得第一張紅桃二，那他的牌面就不是同花了，反而成了最小的散牌，但拿第二張梅花Q的話，他的牌就成了K大的同花，這個牌面不小。

而周宣拿第三張牌是方塊二，是同花，但是一副牌面小的同花，如果拿第四張方塊八的話，那就成了同花順，按規則來說，同花順是最大的。

華劍星是最後，拿第五張牌的話是黑桃三，他的暗牌是紅桃五，加上三條K的話，就是三條，牌面要比同花小，但還算有點牌，不過如果拿的是梅花五的話，那他的牌面就是三條K加上一對五，這就成了富爾豪斯，這副牌面可就算很大了，僅僅次於同花順和四條。

周宣想了想，要自己拿到同花順並不難。但如果自己拿到同花順，而華劍星和顧園的牌不大的話，他們也跟不起來，那自己拿了同花順也是白拿了！

這時是由明牌面最大的三條K說話，華劍星嘿嘿笑了笑，他這個牌不算小，這可不是像電影裏那樣，說拿就拿到了最大牌，這樣規規矩矩地玩，牌是他發的，是沒有玩什麼手法的，拿什麼都靠運氣，要說這樣能拿到太好的牌面還是不大可能，從現在來看，還是他的牌有可能最大，但他不奢望能拿富爾豪斯，有三條K就不錯了，要三條再加一對的話，難度太大，很難。

華劍星笑了笑，數了五百萬籌碼推進去，怎麼說周宣這一把可能不會再跟了，但之前他跟進了一百萬進來，也算回吐了一些出來，剛剛才幾盤三公就給他贏了一千五百萬，要不想法弄回來，那可就得要真掏現金了。

接下來，顧園說話了，他估計華劍星可能是有一點牌吧，否則不會加到五百萬的注，自己的牌面也有同花的可能，但暗牌是什麼還不知道，還有最後一張牌拿，想了想，咬咬牙，也推了五百萬的籌碼進去。

如果華劍星最終贏了的話，他這個也不算輸，一開始他們三個人根本就沒商量到周宣會贏很多錢的可能，所以也沒協商他們三個人自己輸贏的演算法，只是說周宣如果贏了錢的話，由他們三個人平分來出這個錢，所以顧園想了想，還是出了五百萬的注碼，如果自己的暗牌是梅花，最後一張牌也拿梅花的話，那就是同花，這個牌面不小了，值得一搏！

周宣笑了笑，他自然是要跟的。不過在跟之前，先還是運起冰氣把底牌將要派的牌面清洗一遍，把第一張，第三張，第五張，這三張牌轉化吞噬掉，這樣發出來的牌，結果將會是華劍星是富爾豪斯，三條K加一對五，顧園是梅花K大的同花，而周宣將拿到三個人中最大的牌面：同花順，方塊六七八九十！

周宣暗中做完手腳，就把面前的籌碼數也不數，全部推了出去，微微一笑，說道：

「我全部注碼都投進去，呵呵，這叫做梭哈吧？那就梭哈吧！」

周宣把全部注碼推出去的時候，華劍星，顧園，曾國玉三個人再度吃了一驚，周宣太猛了吧？

周宣是最後一家投注加注的，這個時候就要發最後一張牌了，也是到了決勝負的時候，跟與不跟，就看這最後一張牌了！

華劍星知道，這一局的真正勝負得等最後一張牌派出來後的結果，因爲周宣已經梭哈了，就是說他們跟與不跟，周宣的輸贏都得等到開牌後才知道。

也不用再多說，華劍星便抓起桌中的底牌發牌，第一張是顧園，接著周宣，最後才是他自己。

最後一張牌也是暗牌。

華劍星和顧園都把牌拿到手，慢慢挪出一點邊來看。中間三張是明牌，這是早就知道了的，要看的就是第一張和最後一張。

兩人都花了至少二十秒鐘才看到了底牌，雖然都努力裝作鎭定的樣子，但表面上還是隱隱露出了一絲喜色。

周宣自然是知道的，但他沒有看牌，連手都沒動一下，也沒有碰一下面前的牌，華劍星發出來是什麼樣子，現在就是什麼樣子！

這時候就輪到華劍星說話了，周宣梭哈，他的牌面是富爾豪斯，那是很大的牌面了，這時候已經用不著扮什麼了，周宣都已經梭哈了，用不著再勾引他。

「呵呵，周先生梭哈，那我也就陪一陪周先生，我也梭哈！」

華劍星笑著推出了自己面前所有的籌碼，這個跟，是不用想的。

顧園的牌面是大同花，這樣的底牌說什麼也是要跟的，而且他跟與不跟結果大不相同，如果不跟，就少跟周宣比對大小；跟了，就算是輸了，只要結果是華劍星贏，那他也不算輸，只有周宣最終贏了的話，那他們三個人才算是真的輸了。

這一把恐怕就要多送周宣近四千萬的現金，加上一開始周宣贏了的一千五百萬，那可是五千多萬了！

如果輸的總數只是一千多萬，他們三個人平均出五百多萬，這個數字還能承受，但如果每人得出近兩千萬的現金，那可就有點吃不消了！

因為在之前，他們跟那個馬樹賭，可是輸了近兩個億，顧園輸了一億五千萬，華劍星輸了一億，曾國玉輸了兩千萬，這都已經輸得傷筋動骨的了，家裏人還不知道，在外邊還借了不少，欠了一屁股的債，最近都是有些舉步維艱了，如果再輸上幾千萬，那就承受不住了！

如果要說顧園和華劍星家裏，那自然是不在乎這點小錢，但他們在外面吃喝嫖賭的，回了家又哪敢說出來？

顧園自然是把面前的籌碼全部推了出去，然後瞧了瞧周宣，又瞧了瞧華劍星，然後對華劍星說道：「華少，呵呵，開牌了吧？」

華劍星也笑了笑，說道：「開了，顧少，你的牌想必不小吧，說說，是什麼？」

「我的不大，是同花！」顧園說著，把底牌翻過來，然後笑瞧著華劍星，心裏也在估計著他的底牌大小，有些不確定，但跟他是多少年的老友，這傢伙的底細他可是清楚，瞧他這個樣子，想必底牌還是有一分半分的。

華劍星也呵呵一笑，把牌翻了過來，笑道：

「顧少，我是富爾豪斯，呵呵，比你稍大些！」

顧園是看到華劍星的明牌的，明牌是三條K，如果是富爾豪斯，那是三條K帶一對了，這個算是相當大的牌面了，在一般的玩局中，能拿到這樣的牌也不容易！

兩個人都是相視一笑，旁邊的曾國玉也笑了起來，三個人的心都放鬆了不少，然後一齊瞧著周宣，華劍星底氣足，笑問道：

「周先生，呵呵，可以開牌了！」

周宣淡淡一笑，手掌一攤開，說道：

「就麻煩顧先生、華先生幫忙開這副牌吧！」

周宣這是故意的，因爲他從頭到尾都不碰牌，摸都沒摸一下，從華劍星發牌開始，一直到最後開牌，周宣都沒有碰過牌，開牌也讓華劍星和顧園來開，如果開出大牌，或者是他們清牌的話，那這副牌就會少了四張，那是周宣轉化吞噬掉了，但在場的人，除了魏海洪知道是周宣玩的手腳之外，華劍星，顧園，曾國玉三個人是無論如何也不會想到的。

因爲在他們的過往見聞中，再高的高手，也都是要手碰到牌才能出千的，可沒聽說過離牌半米遠，從頭到尾都不碰牌，這樣也能出千的！

華劍星笑了笑，心想：這一把都贏回來了吧，微笑著伸手把周宣面前的底牌一翻，因爲有三張牌是明牌，他就沒有翻，只翻暗著的那兩張，但翻的時候手一漏，只翻出了最上面的那一張暗牌，是一張八。

這一張方塊八加上三張明牌，方塊六，方塊七，方塊九，連起來就是方塊六七八九，這個牌面看起來是很大，有可能出同花順，也有可能出順子，這都要看最後一張牌了。

華劍星沒能一下子把最底下那張暗牌翻過來，但翻出來的這張牌卻是讓他們三個人都吃了一驚。

怔了怔，華劍星心裏也顫動了一下！會不會出同花順？而且，周宣這副牌也只有出同花順才能贏他的富爾豪斯，要出同花順的話，只有方塊五和方塊十，只有出這兩張牌，周宣才能贏，他的底牌，到底是什麼？

雖然想了許多種結果。但華劍星幾個人都不願意相信那最後一張底牌是方塊五和方塊十，這種機率太小了。別看前頭已經開出了六七八九的方塊同花，但要拿到同花順實在太難了，別說同花順，就算拿個同花就不錯了！

但前面顧園的底牌是K同花，周宣的底牌只能是再開出方塊A以上，才能贏得顧園的K同花，最後面還有華劍星的富爾豪斯，這可是三條老K加一對五的大牌。如果周宣最後一張底牌不是方塊五和方塊十，那就不能成爲最後的贏家，也就是說，周宣的這最後一張底牌必須是方塊五和方塊十才行！

在場的人，這時候都把眼光盯在了這最後一張牌上面，華劍星心裏都有些發顫了，呼呼喘了兩口氣，然後再伸手把這最後一張底牌揭開！

眾人的眼光都清清楚楚見到了這張牌：一張方塊十！

華劍星，顧園，曾國玉三個人面色如土，呆怔了起來！

魏海洪卻是呵呵地笑了起來，他很開心，從來到這兒之後，他就一直緊緊地盯著周宣，但是沒見到周宣有任何動作，用最簡單的話來說，那就是周宣根本就沒有作弊，如果不認同的話，誰又能找出任何的不妥之處？

魏海洪從這一點就知道，周宣肯定是動了手腳，因爲他也是個賭博的老手，在現實中，如果僅僅憑運氣來博彩的話，那結果只能是輸！

但周宣是如何動這個手腳的，他卻是瞧不出來。不過魏海洪很高興，要能贏又不讓其他人瞧出破綻來，他們不就是要這種結果嗎？

人的心就是這樣，你越是害怕什麼，你得到的就越是那個結果，怕什麼來什麼！

方塊十，最後一張底牌，這也直接讓周宣的牌面成爲同花順，就算是華劍星拿了富爾豪斯，卻依然還是輸！

過了一陣子，華劍星三個人才想起來，這一把牌輸了，他們就得給周宣付出五千五百萬元左右的現金！

三個人愣了一陣後，轉回頭來又想了一陣，總是想不明白，就算現在周宣拿到的是同花順，但他們依然不相信這是因爲周宣的牌技好，他們相信的依然只是周宣的運氣。

惱火的是，若周宣是靠超絕的賭技贏了他們那還好，因爲他們要的就是一個頂級高手，以便從馬樹手中贏回錢來，但周宣雖然從他們手中贏到了五千多萬，但賭技卻沒有顯露出半分，所以這錢輸得不值得！

周宣當然知道自己的能力，華劍星三個人不相信他是自然的，要是相信了才奇怪呢，如果自己沒有這個奇特的冰氣，那肯定比他們不如，到現在，他仍然只是一個一無所有的鄉下人。

第一四三章

神乎其技

顧園三個人擺了擺手，準備不再試了，
之前周宣也說自己出了千，看來是百分百真的了！
周宣現在的表現，用他們的話說，就是神乎其技！
沒什麼再試的，那個馬樹就絕對沒有周宣這麼神奇的身手！

現在，桌面上的籌碼都堆到了周宣面前，周宣沒有清點，大致是五千多萬。

顧園愣了一陣，隨後說道：「不玩梭哈了，咱們擲骰子！」

顧園比華劍星腦子轉得快一些，瞧著周宣面色不驚的樣子，又想到他是魏海洪帶過來的高手，才想起來，魏海洪可不是會說大話撒謊的人！

難不成周宣真是個頂級的高手？如果說剛剛這幾輪三公、梭哈都是周宣玩得技巧出的千，那周宣就是超級可怕的高手了！

這個難度可是比那個馬樹厲害得多，因為馬樹是需要洗牌發牌的，而且在他們幾個注意的時候，他也有輸的可能，只是在關鍵的賭局中他們就輸了，從這些看來，顧園、華劍星和曾國玉三個人絕對相信是馬樹出的千，只是在最關鍵的時候，沒人看到他出千的手法而已。

但顧園現在想起，周宣從進這個房間後，只有第一把摸過牌，後面的局數他從來沒碰過牌，洗牌發牌，甚至到最後開牌，都是顧園和華劍星幫忙動手的，如果說周宣是出的千，這確實讓顧園他們幾個有點不相信，但如果說不是出千，這運氣可也太好了吧？

顧園這樣一想，馬上轉了心思，提議來玩骰子。這個東西應該是最不好出千的玩法了。

當然不是說骰子不能出千，實際上，所有的玩法，只要屬於賭，都是能出千的。骰子就是遙控骰子，原是早準備好的，而搖控骰子的人就是他們自己，拿這個來測試周宣的話，那就是最好的工具了。

周宣有沒有出千，能不能再贏錢，或者他們想把錢贏回來，這都是最好的方式。所以顧園一提出來，華劍星和曾國玉也沒有反對。本來剛剛玩的梭哈還沒過癮，才一局就讓他們三個人輸痛了，輸狠了！

周宣笑笑道：「好啊，要玩什麼都可以！」

顧園聽周宣這麼一講，心裏一動，馬上又問道：「周先生，我想問一下，不知道你方不方便說？」

「可以啊，只要我知道的，都可以問！」周宣又微笑著回答，「當然，除了我的隱私！」

顧園呵呵一笑，說道：「當然，我只是想問一下，周先生剛剛這幾局，是不是出千了？」

周宣呵呵一笑，回答道：「我可以明確地告訴你們，我是出千了，只是出千的手法嘛，那就不能說了！」

顧園哈哈一笑，心裏鬆了一口氣。只要周宣承認出千了，那就好說。看來，以他這麼高超的手法，要從馬樹手裏把錢贏回來，那就不是問題了。因爲，周宣出千，他們根本瞧不出任何徵兆，周宣的行爲甚至讓顧園他們三個人認爲，他根本就沒有、也不會出千。

雖然周宣自己承認了，但顧園三個人還是半信半疑的，或許周宣是因爲贏了，才故意這樣說的吧？

顧園見周宣爽快答應跟他們再玩骰子，也不客氣，不再多說，就把骰子和骰盅拿出來，先拿在手中搖了幾下，聲音清脆，叮叮咚咚地響了幾下。

周宣早把冰氣運起來探測了，顧園骰盅裏的骰子外表看起來是水晶，其實卻是塑膠做的，在骰子中間有電子晶片，明顯就是遙控骰子。

而遙控器卻在曾國玉手中。當然，曾國玉不會明顯地拿出來，而是藏在褲袋裏，雙手放在桌子下，插在褲袋中，這個動作很正常，任誰也瞧不出來異常，但他們自己三個人卻是明白的。

這事連魏海洪也不知道，但就是要他也不知道，才能搞清楚周宣是不是真的出了千，而顧園他們要的就是周宣真的出了千而看不出來，這樣的高手才是真的高手！

顧園把骰子搖了幾下放到桌子上時，周宣已經測到了，往上面的點數是三五六點。

周宣淡淡笑了笑，說道：「這樣吧，現在大家只是玩一玩，試一試，並不當真，而且開始的也都不算數，因爲你們是洪哥的朋友，這個忙我是幫了，要收你們的錢可就不好意思了。這樣吧，從馬樹手裏贏過來的錢，把你們以前輸的和再投入的本錢除掉，剩下的咱們平分，分作五份，這樣可以吧？」

顧園三個人都是一怔，然後又都是感激的表情。魏海洪在一旁也笑道：

「我看就按我兄弟說的辦吧，我以前來香港，你們也是好酒好飯的招待，小周是我兄弟，別人我不好說，但他我可以代表，沒問題！」

顧園三個人都是大大鬆了一口氣，這已經揭不開鍋了，要再出大把的銀子，這要搞到家裏的老傢伙們知道，那他跟華劍星的日子就不好過了，所以周宣和魏海洪一說，顧園首先回答著：

「嘿嘿，洪哥，那我們就恭敬不如從命了，說實在的，這一回輸得狠了，正焦頭爛額呢！」

周宣擺擺手，又道：「我們還是說正事吧。顧先生，你看這個骰子要怎麼玩？大小還是單雙？或者是點數？」

顧園、華劍星和曾國玉這三個人，這時候心裏都鬆弛下來，幾千萬的錢一下子不用出了，又怎麼能不輕鬆？但也對周宣的相信又多了幾分！

因爲周宣這一下可是白白丟了五千多萬，如果他是真的碰運氣，那就不會輕而易舉地把這麼一大筆錢扔掉，誰知道以後還贏不贏得到？如果是騙一筆錢的話，那最少是要保住眼前的這些錢吧？

這也讓顧園他們更相信了些，如果周宣要騙他們，那又何必扔了到手的幾千萬，而後面的錢，按照他自己的說法，那是贏到錢後平分，而且還要除掉他們之前輸掉的兩億多，剩下來的才平分，份額是五個人的，那分下來又能有多少？遠不如現在他能得到的多！

顧園搖骰子，而曾國玉也沒有遙控點數。這第一把，當然是要看看周宣的實力，看看他是不是真的賭技好。

「周先生，這樣吧，反正這骰子玩法也就是大小，單雙，猜點數這幾種，按難度來說，猜點數應該是難度最大的，周先生，要麼就玩大小，最普通也最容易的，要麼就玩最難的，猜點數！」

顧園也不知道周宣到底有多高的本事，話也不能說得太明，反正他們是沒瞧出來周宣有什麼真本事，除了確實贏了，靠什麼贏的也確實說不清楚，在他們心底，他們還是覺得運氣的成份占了一大半！

周宣點點頭，笑著道：「那好，我們就來難度最大的吧，就猜點數，這第一把，聽聲音來說，是三五六吧！」

這第一把，顧園搖的點數他自己是不知道的，他沒那個本事，但曾國玉也不知道，因爲第一把他早決定了不遙控，要看周宣能不能真猜得出來。

而周宣說了是按「聽聲音」來猜的，這就是他的幌子，反正讓顧園三個人知道他是出了千的就行，只要他們瞧不出來是用了什麼手法，也是沒有大問題的。

之前也說了這是隱私，顧園他們自己也是明白的，賭博高手多得很，但沒有一個人會坦白說出自己是怎麼出千的。周宣不否認出千，但只要所有人瞧不出來他是怎麼出千的，那就可以說他沒有出千！

顧園現在手是不抖了，反正周宣也說了不要這個錢，輸贏都無所謂，遊戲而已。周宣說了是三五六點，也就伸手把骰盅蓋子揭開。

幾個人把眼睛瞪得大大地盯著桌子上的骰子，一顆三點，一顆五點，一顆六點，果然是三五六的點數！

魏海洪是寫意的淡笑，而顧園和華劍星、曾國玉三個人，卻是吃驚地完全呆住了！如果之前的三公、梭哈那都是周宣靠運氣贏回來的，那現在這個骰子呢？這就絕對不是運氣了，他們敢肯定！

要說的話，這可能真是周宣的聽力超強。這時候，顧園這三個人才真相信周宣是個高手了！

顧園盯著周宣，周宣只是淡淡地笑，彷彿不關他事一般。

吃驚之餘，顧園連話也說不出來了，想了想，他直接又拿起骰盅使勁搖了起來。左也搖右也搖，最後還一陣亂晃動，不按任何路數來，如果是靠聽力的玩家高手，那是會怕亂搖的。

「咚」的一聲響，顧園把骰盅重重放在了桌子上，然後把右手一攤，說道：「周先生，請！」

周宣笑笑道：「四四五點，大！」

等顧園正要揭開的時候，周宣卻伸手一攔，說道：「慢！」

顧園一怔，問道：「怎麼回事？」

周宣又淡淡一笑，慢不經心地道：「現在要開的話，骰子的點數就不是四四五了，變成了三個六點，豹子！」

顧園和華劍星都是一怔，隨後又都將眼光齊齊投向了曾國玉！

因爲他們知道曾國玉身上藏著遙控器，這骰子要變了點數，當然是他的原因了，但是不是三個六呢？

曾國玉臉色一變，又驚又詫！

他這一驚可是非同小可，剛剛周宣說了四四五點大的時候，他就偷偷按動遙控器，把點數變成了三個六點，但這個可是通過無線電暗中操作的，周宣是如何知道的？難道還是靠超強的聽覺？估計也只有這一種解釋能行得通了，總不會他有透視眼吧？

一想到透視眼，曾國玉馬上又想到，周宣會不會是戴了高科技的隱形眼鏡？

顧園見到曾國玉變臉的那一剎，心裏也是吃了一驚。這周宣要是真猜準了又是三個六的點數，那就真神了！這可是曾國玉偷偷用遙控改變後的第二個結果！

顧園屏住呼吸，然後輕輕地把骰盅蓋子揭起來，下面果然是三個六點，一樣的顏色，一樣的點數！

顧園，華劍星，曾國玉三個人都是瞠目結舌！

曾國玉怔了一下，隨後就問道：「周先生，我想問一下，你是不是戴了隱形眼鏡？」

周宣呵呵一笑，知道曾國玉的意思，這是懷疑他戴了透視眼鏡！

周宣笑笑說道：「曾先生，我想你應該明白，這個世界上，還沒有任何科技到了這個程度，當然有能透視的科技產品，但能用到隱形眼鏡上的，卻是絕無僅有。今後幾十年內，地球科技應該都不能達到這個程度。這樣吧，我背過身來，你們再搖，我再猜！」

周宣說的這些，曾國玉他們不是不知道，但只是這麼想這麼懷疑，也不由得他們不懷疑，周宣的表現太讓人吃驚了！

周宣說完，真的轉身背朝他們坐著了，顧園瞧了瞧左右，魏海洪一攤手，示意繼續。對面的曾國玉和左邊的華劍星也都在靜靜等著。

顧園想了想，用雙手把骰盅抱著，然後輕輕搖了搖，儘量讓聲音小一些，之後又倒著順著一陣搖晃，一下聲音大，一下聲音細，搖了足足有一分鐘，這才放下了骰盅。

周宣笑笑道：「二三五，十點！」

顧園正要揭蓋子時，周宣又插口道：「三個二，豹子！」

後面的加話顯然又是表示曾國玉按了遙控裝置，顧園也不再遲疑，伸手就揭了蓋子，有些迫不及待了！

骰盤中，三個兩點朝天，果然是三個二！

顧園這時候就不是呆了，是驚喜，華劍星卻是還沒反應過來，而曾國玉就快傻了！

周宣也太神了吧？背過身，顧園又是亂搖，輕的重的，就算是練過聽力的高手，怕也是不能聽得這麼明白吧？但周宣就是沒聽錯，而且還是背朝這邊的，看來他是真的練成了超強的聽力！

曾國玉呆了一陣，然後訕訕地把褲袋裏的小遙控器拿了出來，擺在桌子上，笑說：「周先生，我是不得不服你了，一開始你玩三公和梭哈的時候，我怎麼想，也覺得你是靠運氣贏的，但現在不是我想像中的那樣了，你是個超強高手，是個真正的高手！」

周宣轉回了身子，笑問道：「三位，還有別的玩法要試麼？」

顧園三個人都有些不好意思，擺了擺手，準備不再試了，之前周宣也說自己出了千，看來是百分之百真的了！周宣現在的表現，用他們的話說，就是神乎其技！沒什麼再試的，那個馬樹就絕對沒有周宣這麼神奇的身手！

顧園點點頭道：「這樣吧，我想那個馬樹絕對會甘拜下風，他沒有周先生這麼厲害的身手。馬樹要把牌或者道具抓在自己手中才能贏，每一次輸掉大注碼的那一局，都是馬樹發牌的。」

當然，他們輸給馬樹的就是玩梭哈，輸了近三個億！

周宣的梭哈比馬樹的只有更高深，周宣可沒有自己派牌，而且碰都沒碰一下，到最後開牌都是由華劍星來開的，馬樹又哪有這個本事？

顧園是幾乎完全相信周宣是個真正的賭術高手了，但心裏還想著一件事，只是剛剛才想著的事，卻忽然不記得了，歪著頭使勁想，只是越急卻越是想不起來。

曾國玉瞧著顧園臉紅脖子粗的樣子，笑問道：「顧少，你有什麼事？瞧你急的？」

「我剛剛想著還有一件重要的事跟周先生說的，但忽然就忘記了，真是急死人！」顧園有些訕訕地回答著，雖然急，但就是想不起來。

「你這樣子，呵呵，就像是戴著手套找手套，穿著襪子找襪子！」曾國玉笑呵呵地打趣，又說道，「周先生的賭技真是神乎其技啊，顧少搖了骰子，我又暗中用遙控器改變了骰子點數，卻依然是絲毫不錯，這一手，就像是電影中賭神玩的了！」

「啪！」顧園重重拍了一下自己的大腿，喜道：「我想起來了，我想起來了！」

華劍星詫道：「顧老二，你什麼事想起來了？撒尿麼？」

「呸，去你的！」顧園笑罵了一聲華劍星，然後對周宣說道：「周先生，我記起我要問你的事了。我在想，我們在這裏試玩，那可不像真玩的時候，規則是很嚴格的，比如說這個骰子搖好後，你下注，下好注準備開盅的時候，是不允許撤回注再重新下注的，按規則，玩家下好注後有一個時間限制，時間過後，桌子上的注碼是不允許動的，也不允許撤回注碼。我要問的是，如果老曾是在停止投注後再改變骰子的點數，那你怎麼辦？」

「這個好說！」周宣想也不想就回答道：「顧先生，你再蓋上盅搖一次，我試演給你們看一看！」

周宣不說他要怎麼辦，而是要顧園再搖，演試給他們看。這在顧園他們幾個人看來也覺得很正常，因爲高手是不想自己的秘密和底細給透露出去的！

顧園依然蓋上骰盅，然後端起骰盅溫柔地搖了幾下，聲音幾近於無，但骰盅裏的骰子肯定變了，他感覺得到，又用力搖了幾搖，最後放在了桌子上。

周宣冰氣探測到骰子的點數是一二五，笑了笑，再運起冰氣把骰子中間的電子卡晶片轉化吞噬一部分，讓骰子變成了再不能遙控的骰子，然後才說道：

「這次的點數是一二五點。」

周宣一說完，就朝曾國玉笑了笑。曾國玉把桌子上的遙控器拿著，在眾人的注視之下按了三個三的點數。

顧園看著曾國玉按了遙控器後，這才開了骰盅，在眾人目光的注視中，盅裏的骰子點數朝天的是一個一點，一個二點，一個五點！不是曾國玉按了遙控後的三個三點！

這就奇怪了，剛剛曾國玉還按了兩次，都好好地跟著他的遙控改變了點數，遙控的操控值應該是百分之百，沒有失效的情況啊！但爲什麼現在曾國玉按的點數卻出不來了？

魏海洪雖然想不明白，但也不奇怪。

奇怪的是顧園、華劍星、曾國玉三個人，明明剛剛都是好好的，曾國玉改成什麼點數就是什麼點數，怎麼就失靈了？

曾國玉一怔之下，馬上又把遙控器連連直按，但盤子中的骰子卻沒有動靜，從這一點來看，肯定是骰子中的機關受到了破壞，但骰盅骰子都在顧園手中啊？周宣根本就沒碰過這東西，甚至是連身子都沒有向前傾斜一下，與顧園拿著的骰盅距離有一米左右，按照周宣的話意來說，這骰子受到的破壞應該就是他所爲，但周宣又是如何辦到的？

這可是在眾目睽睽之下，大家的眼睛都盯得死死的，周宣雙手也沒有藏起來，就擺在桌子上，如果說是周宣所爲的話，那就太不可思議了！

但周宣帶給他們的又何止是不可思議？

顧園呆呆看著骰子，然後拿到手中仔細看了一會兒，沒有絲毫的損壞和破裂，而且從頭到尾都在他的掌握之中，周宣到底是怎麼辦到的？

第一四四章

人爲財死

曾國玉一是要保證自己這邊幾個人的人身安全，

二是要保證十億現金的安全。

俗話說，人為財死，鳥為食亡，此事屢見不鮮。

在巨額財富誘惑下，誰也不敢保證就沒有為了錢財而鋌而走險的人！

周宣微微笑了笑，說道：「幾位還有什麼玩法要試的嗎？」

三個人都是一齊搖頭。顧園還擺著手，連連道：「不用了不用了！」然後又對魏海洪道：「洪哥，你這位兄弟可真是奇人不露相啊！說實話，一開始我是不相信周先生有這麼神奇的賭技的，周先生太年輕了，現如今，不管是哪一種行業，達到頂峰的至少都要三十歲以上的，年輕的都沒那份耐心，俗話說嘴上無毛辦事不牢，可周先生就絕對是個特別的人！」

對周宣的測試完美結束了，大家都是信心十足。

華劍星站起身來笑道：「不玩這些東西了，這些天早也想晚也想，錢也輸了，人也瘦了，周先生來了就好了，等這一筆錢贏回來，以後可得好好克制，以少賭爲妙，多吃多玩都好過這麼輸下去啊！出去玩出去玩。洪哥和周先生來了，說什麼也得去玩全套的！」

周宣不知道他們所說的全套是什麼意思，但估計可能是與女人有關吧。

魏海洪卻是明白的，笑了笑道：

「那些就免了，吃頓飯玩一玩就行了，賭局怎麼安排就由你們自己商量，但我得提醒你們一下，這樣的機會不是有很多次，你們盡可能多調集現金，讓那個馬樹不會拒絕，然後，賭具由他們自己準備，他們搞不搞鬼，你們別管，賭術上面的事就由我兄弟來負責，最好就是你們故意裝作不服氣，弄了大筆的現金再來聚賭復仇的。」

顧園和華劍星直是點頭，曾國玉若有所思。

周宣想了想，又吩囑道：「三位，我也有一點建議，如果你們多準備錢，這一定要讓對方知道，同時也要求他拿出那麼多現金來，否則到時候我們贏了，他給不出錢來，難道你們還能把他殺了不成？呵呵，就是殺了，沒拿回錢還是你們虧了！」

「是啊，是啊！」顧園連連點頭回答道，「這傢伙應該有底子，我猜他們應是一個集團，專門來釣有錢人的吧。我們還真得多調點錢，錢多才能吸引他，同時對我們自己也是一個保障。上一次，他們贏了我們兩億七千萬，這一筆錢估計還沒有分散下去。華少，我想我們最少得準備五億以上才行，要是只拿兩三億，對方肯定也只會準備這麼多，要是只贏回這些，那又有什麼用？還不是只贏回我們的本錢？」

華劍星哼了哼，說道：「老顧，別說這個了，我家老頭子還沒發現，我只是想填這個窟窿。媽的，我們要報仇，也得把那個狗日的搞痛，要搞得他連本帶利都吐個精光！老顧，我把老頭子準備投入新廠建設的首期六億現金拿出來，這一把……」

華劍星說到這兒，幾乎是咬牙切齒，臉上的肌肉也扭曲起來，一個字一個字狠狠迸出來：「這一把，要玩就玩一個大的，狠的！」

顧園看到華劍星激動又不顧一切的樣子，也受了刺激，霍地一下站起身，狠狠道：「好，華少挪六億，我這邊就動四億，湊個十億，就跟那個狗日的馬樹交手，雙方都擺個十億出來，用現金賭！」

曾國玉眼神一凝，想了想才道：「華少和顧少拿了十億出來，我老曾可沒那麼多錢，這個你們明白，安全就由我來保證吧，只要周先生能贏錢，我就能保證安全拿走錢！」

曾國玉話雖說得輕，但顧園和華劍星卻都不敢小瞧他這幾句話，曾國玉以前是混道上的，現在雖然金盆洗手了，但交情和關係仍在，這個絕對能保證！

華劍星一巴掌拍在桌子上，沉聲道：「好，就這樣決定了，不過……」停了停又道，「不過，我的錢就只能在賭局中放一個晚上，天一亮就得歸回原位，這個……」

周宣笑笑道：「這個就由我來負責吧，只要老曾那兒保證錢能安全拿走，贏錢的事就歸我來做，我怎麼辦都不用你們幫著做局扮戲，只要你們把人請來，對方有足夠的現金，我只管贏錢到手，怎麼拿，都歸你們管！」

周宣說得很淡然，但卻是沉著穩重，淡淡的言語中自有一種威信在內，讓華劍星顧園三個人不由自主地信任！

顧園伸手跟周宣握了一下，然後定定地道：

「小周兄弟，呵呵，我就跟洪哥一起叫你兄弟了，你跟洪哥這兩天就在酒店中休息一下，我們來準備賭局的事，這一筆現金提出來，我估計是要花兩天時間，要瞞著老頭子，又要安全的在第二天送回去，難度是有，但只要周兄弟這兒不出錯，第二天能安全送回公司，就算是給老頭子知道了，那我也不怕，犯這個錯一般人當然是受不了，但誰叫我是老頭子的親兒子呢，呵呵！」

「我的情況跟顧少差不多，我們兩個的做法和結果基本上是一樣的！」華劍星也笑笑道，「周兄弟和洪哥這兩天就在酒店中休息，我們電話聯繫，最好不要再見面，別讓馬樹那邊知道我們有幫手，這樣他們肯定就會查出洪哥跟周兄弟的底細，我們得裝作跟前兩次一樣，傻傻的，準備了足夠的錢跟他們拼了。這幫狗日的，估計也是要找股東東拉西湊的吧，他們自己的本金可能有兩億左右，加上上次贏我們的兩億七千萬，應該是五億不到，要湊出這麼大一筆錢來，也不是容易事，我們就逼他一下。馬樹那一夥人如果想贏，就肯定會湊好錢，應下這個局！」

周宣笑笑道：「放心吧，你們就按你們說的做，馬樹這一夥人肯定是騙子無疑，騙子整天花心思就是到處找肥羊來宰，你們自己再送上門，這樣的機會就是天上給他們扔錢啊，哪有不到的？但這一次要是輸給我們了，那他們的日子也慘了，給他們出錢的人自然不會放過他們！」

「這就好，老子就是想看到這夥人能有那樣的下場！」華劍星恨恨地說道：「我想他們也是不會拒絕這個機會的，他們想到的只是要如何不露馬腳地贏走我們的錢，絕不會想到我們能倒贏走他們的錢，因爲他們會自認爲賭技遠超我們，我們是連他們的破綻都瞧不出來，只會送錢的冤大頭！」

顧園也笑笑道：「我是瞧不出馬樹那幾個人的破綻，但我知道他是摸著牌才能出千的，雖然我不知道他把牌怎麼弄的，但他絕沒有周兄弟這樣的高超手法，牌都不碰！我們只要讓他和周兄弟一樣不碰牌，看他還有什麼法子！」

「不不不！」周宣擺擺手阻止道，「就是要讓他碰牌，就是要讓他們覺得把握更大，這樣才有信心下更大的注，怎麼贏他，這事兒不用你們操心，我自有辦法！」

魏海洪和周宣接下來的兩天中都沒有出過酒店門，主要是為了給馬樹一個突然襲擊。為了保密，顧園和華劍星以及曾國玉三個人都不來找他們兩個。而且，他們三個為了準備這件事也很忙，顧園和華劍星是要調集近十億的現金出來，那也不是容易事，曾國玉則是負責安全的事，其實他也知道魏海洪的身分，要是魏海洪在香港有什麼不測，出了什麼意外的話，就是挖地三尺，把香港折騰個底朝天，那也是要把兇手挖出來的，所以他根本不敢鬆懈，而且又加上有十億的現金，一是要保證自己這邊幾個人的人身安全，二是要保證十億現金的安全。俗話說人為財死，鳥為食亡，此事屢見不鮮。在巨額財富的誘惑下，誰也不敢保證就沒有為了錢財而鋌而走險的人！

在第三天晚上九點鐘的時候，魏海洪接到了顧園的電話，說一切都安排妥當，馬樹那一方也都準備好了，他馬上過來接他們。

周宣因為沒做過什麼生意，不明白生意上的事，但魏海洪可就明白，顧園和華劍星兩個人在兩天時間內就調集到了十億現金，這確實不簡單。不要說他們只是家族中的次要人物，就是拿到一般的銀行機構，那也不容易在兩天之內抽調出這麼大一筆現金。

看來華劍星和顧園這兩個花花公子還是有些能耐。但魏海洪又替他們兩個慶幸，這次如果不是他帶來周宣，那顧園這三個人可就慘了，如果被別人再騙一次，也許顧園和華劍星輸掉更多錢也不是不可能了！

顧園給魏海洪打電話過後不到二十分鐘，就來到了酒店門外，開的是一輛普通的福特，魏海洪和周宣上車後也沒見到華劍星和曾國玉。

顧園似乎是想微笑，但笑容很僵硬，看得出來，心情還是有些緊張！

畢竟是十億現金，華劍星抽調了六億，他弄了四億，說不緊張那是假話。這筆錢要是出了問題，那他跟華劍星都完了！

萬一當家主一生氣，搞不好就會取消他們的繼承權，像他們這種人，離開了富裕的家族生活，那還不如死了的好！

周宣也不好安慰，他雖然自覺有把握，但世事也沒有百分之百，如果出了萬一，那也是說不準的事。

魏海洪瞧著周宣，微微一笑，他瞧得出來，周宣沒有多少緊張的情緒，顧園是個大家公子爺，平常自然也是大手大腳慣了的，但說弄個千幾百萬是不吃力，要弄個幾億，那就得冒很大危險了。如果出了差錯，或許對他們自己都是致命的打擊，但此刻卻是箭在弦上，不得不發了！

顧園開的車想必也是借的，故意開了一輛便宜又不起眼的車，就是為了不讓別人注意，後車箱裏，放了整整四億的港幣！

車是往郊區開去的，大約開了五十分鐘，出了市區，最後開進了一棟倉庫模樣的建築中，開門的是幾個黑衣壯漢。

進了寬大的倉庫裏，在邊上停了十幾輛小車，倉庫中間擺了一張大長條桌子，旁邊放了幾把椅子，在桌子兩邊，一邊已經坐了幾個人，在他們背後五六米處，則站了約有十四五個人。

周宣走了幾步，便瞧見桌子一邊坐的是華劍星和曾國玉兩個人，他們對面也坐了兩個人，但不認識，大概就是他們說過的馬樹了吧，只是不知道哪一個才是。

周宣和魏海洪、顧園這三個人走過去時，對面那些人也盯著他們，不過大部分的注意力卻都是落在了魏海洪身上。

這也難怪，魏海洪一來歲數大一些，四十多歲，二來氣度和氣質都極為不凡，從外表就自然顯露出一種逼人的威嚴氣勢來。

走到桌子邊時，華劍星和曾國玉早站起身來迎接。在對方十幾個人的詫異眼神中，華劍星和曾國玉把周宣請到了中間的主位上。

對面那一幫人才明白到，華劍星這邊的主角，原來是這個年輕人！

這倒真有些出乎他們的意料之外！

說實話，上一次輸了好幾億，華劍星這幾個人如果請了高手來助陣，那也是很正常的事，但會請周宣這麼一個年輕人來，眾人卻是沒想到，在絕大多數人眼中，年輕人是沒有什麼底蘊的。

等周宣坐下後，顧園和魏海洪坐在周宣左邊，曾國玉和華劍星坐在他右邊。

然後，華劍星才對周宣介紹道：「小周，我來介紹一下，對面左邊這位是馬樹馬先生，右邊這位是莊之賢莊先生！」

周宣微笑點頭，淡淡道：「馬先生好，莊先生好，幸會幸會，我叫周宣，一個略懂賭技的賭徒！」

「客氣了客氣了！」馬樹眼神有些凜然，盯著周宣說道：「周先生是年少有爲吧，呵呵。你們人都到齊了吧？」

周宣點點頭示意了一下。

這個馬樹三十來歲的樣子，樣子有些普通，但是一雙眼睛很有神，周宣甚至覺得這個馬樹的眼睛有些邪邪的，到底是怎麼回事，心裏卻也是說不上來，難道這個馬樹眼裏真戴了什麼隱形高科技眼鏡？

莊之賢只有二十七、八歲的樣子，長得倒是很俊俏，一雙眼有幾分媚，有幾分陰險，若不是他有著男人的其他特徵，這雙眼睛就應該是一個女人才擁有的。

莊之賢沒有把周宣瞧在眼中，但瞧到魏海洪時，眼神卻情不自禁瞇了一下，然後才訝然道：「魏……魏公子？真是你麼？」

魏海洪呵呵一笑，說道：「莊大少，久違了！」

「你……你是跟顧少華少一起的？」莊之賢又問了一聲，語氣明顯有些遲疑起來，是顧忌的意思。

魏海洪又哈哈一笑，說道：「不是，這位來跟你們賭局的周先生是我在內地認識的，這次結伴來香港遊玩一下，跟顧少華少又認識，就來看看你們的賭局，長個見識而已，沒別的意思，你們玩你們的，我就觀看觀看，別把我當局中人就ＯＫ了！」

「呵呵，那就好那就好！」莊之賢頓時鬆了一口氣！

這個莊之賢是香港一家豪門三代嫡子，與顧園和華劍星也是相識相熟的，之前也曾跟他們一起玩過局，但顧園和華劍星沒有想到，莊之賢竟然是馬樹背後的人！

這次湊出十億現金來，當看到莊之賢的那一刹那，顧園和華劍星就明白了，有莊之賢在馬樹背後，湊十億的現金的確不是辦不到。這跟他和華劍星一樣，從家族的公司中當然能抽調出來，只要在短時間內完璧歸趙，那就沒有事。

莊之賢一開始看到跟顧園一起進來的人中竟然有魏海洪，心裏著實大吃了一驚，這個魏海洪可不是他們隨便能搞的，做生意的絕不會想得罪最高層的官面人物，天下之大，莫非王土啊，何況他們還處在中國的境內！

但魏海洪笑呵呵的，輕描淡寫地就把這事撇開，似乎他與顧園這幾個人的事根本就不相關，他只是來看熱鬧的。

莊之賢一下子就鬆弛了下來，只要魏海洪與這事無關，那他就不用擔心，這次設局要騙的可是十億的港幣啊，要是魏海洪也投了錢在其中，那就是件麻煩事了。

魏海洪一開始說的話，顧園和華劍星也是詫異了一下，但馬上就會意過來，他們也是到這裏才知道莊之賢是馬樹背後的人，魏海洪的意思他們明白，如果魏海洪承認他也在其中，那莊之賢也許就不敢下手了，那他們這個局就白設了，對方不敢賭，周宣再厲害，那也贏不到錢！

周宣自然也是明白的，這是魏海洪想讓對方放下戒心才這麼說的，這話是假的，是謊言！

雙方人都到了。

首先，顧園向馬樹問道：「馬先生，你們準備好了吧？準備好了的話也就不必再多話，大家都擺出來開始吧？」

馬樹瞧了瞧莊之賢，莊之賢也點點頭，然後道：「好，那就開始吧！」說完，轉頭向後面的壯漢們擺擺手，就有四個男子轉身到邊上的小車後車箱中取了五六個大箱子。

顧園這邊自然也是一樣，曾國玉安排好的保鏢中，也有幾個人到後車箱中把裝錢的箱子提了出來，雙方各在長桌子上把箱子打開，取出一捆捆的千元港鈔，擺滿了一桌子，就中間留了條縫，這條縫就在馬樹和周宣之間。

雙方的現金都是十億。幸好這長桌子夠寬夠長，這錢就像擺城牆一樣，又誘人又壯觀！

馬樹向顧園攤開手笑笑道：

「顧先生，我們雙方都各派一個人出來驗錢吧！」

這個不用他說，大家都明白，現金當然是要驗的，真金白銀，誰也受不了假鈔。

雙方都帶有驗鈔人員，兩個人出來後，都交換到了對面的桌子邊上，然後從中不定位的隨便抽一捆出來驗證，防止一頭一尾是真錢，中間是白紙或者假鈔的情況。

經過驗證後，兩個人都向各自的老闆點了點頭，錢是真的，大致上數目也是對的。數目和真偽都沒有問題了，接下來自然就是賭局開始。

馬樹就問道：「這次是玩什麼？顧先生你們是幾個人一起玩？」

顧園擺擺手，說道：「爲了節省時間，我們這邊就周先生一個人玩，你們幾個人無所謂，玩什麼也無所謂，由你們定，就算每一盤玩一個玩法都可以，我們不反對！」

馬樹淡淡一笑，然後又說道：「那好，我們這邊也就我一個人，這樣倒是乾淨俐落。這樣吧，爲了表示公平，其他人都只觀看不動牌，我跟周先生則都把外衣脫掉，光著手膀，這樣可以防止作弊。這第一局，就玩梭哈吧，周先生有意見沒有？」

周宣呵呵一笑，說道：「沒意見，就按你說的辦！」說完，首先站起身來把衣服脫了，只留下一件背心，兩隻手臂光光的，這樣可就沒有藏牌的地方了。

一般來說，出千的高手都會把道具藏在手臂衣袖之中，動作快就夠了。

馬樹的這個提議，顧園和華劍星這幾個人都覺得不錯，又見周宣主動大方地先脫了衣服，以爲周宣出千的手法肯定不是靠衣袖的，也就放了心。在之前，他們也是見過周宣的本事的，還真沒靠上衣衣袖之類的，甚至連牌都不碰！

但周宣自己心裏卻是吃了一驚！他表面上雖然很主動，笑意盈盈的，但心裏卻很意外，因爲他早估計到這個馬樹是作弊出千的，但他現在主動提出這個條件來，那不是完全斷絕了他自己的後路？

周宣心裏就嘀咕了，難道這傢伙根本就不是靠作弊的？或者不是偷換牌出千，而是靠別的手法？

周宣心裏懷疑著，但表面還是微微笑著伸手道：「馬先生，請！」

馬樹又向顧園伸手一請，說道：「顧少，就有勞你來洗牌發牌吧，我們不介意，也不由我們這邊的人來發牌！」

周宣幾個人又都是一怔！他們這是什麼意思？敢這樣做，那是有絕對贏的把握，他們爲什麼這麼有把握？就算周宣擁有冰氣異能，也不敢說就有了絕對把握！

在這個時候，周宣心裏甚至有了一絲極爲不祥的預感！

顧園可不客氣，馬樹自己都這樣說了，他可是受之無愧，卻之不恭，只是爲了表示清白，也當場把上衣脫了，只剩下一件背心，光著膀子把撲克牌從盒子裏取出來。

這是新撲克牌，也是馬樹那邊要求由顧園這邊自己從超市買回來的撲克牌，一切都由他們這邊自己準備，這倒是顯得馬樹的神秘感增強了。

敢這麼大方，那就是有把握。

顧園洗牌之間，問道：「底金多少？」

馬樹笑笑，無所謂地道：「一盤十萬吧，隨便，要贏要輸，也不指望撿這鍋底吧？」

說完就取了一捆鈔票扔進桌子中間。周宣也放了一捆，這一疊是一百張千元大鈔，有銀行的紙封條，一疊就是十萬。

顧園瞧也不瞧手中的牌，憑著手感洗了幾遍，然後發牌。

他先發了一明一暗兩張牌。馬樹面前是一張紅桃二，周宣面前是一張黑九的明牌，暗牌是一張黑桃七。明牌是周宣的九大，由周宣說話。

周宣沒有先用冰氣探測馬樹的底牌，只是看了自己的底牌，他想要遲一點，或許想到最後才去探馬樹的底牌，因爲現在心中總是有一種很不好的預感。

周宣想了想，先放了一百萬進去，說道：「由我說話的話，那就先一百萬吧。」

口氣顯得很平淡，也很不在意，在長桌子上可是足足擺滿了二十億港幣，要是一百萬一百萬的下注，這到哪一年才到頭？

馬樹笑了笑，也跟了一百萬，說道：「周先生斯斯文文的，我也斯文地跟上吧。」

雙方都跟了注，沒有棄牌，那顧園就再次發牌，這一次馬樹得到的是一張紅桃三，周宣得到的是一張方塊七。

現在牌面散，沒有對子出現，牌面還是周宣大，七大過三，但周宣的底牌是黑桃七，加上現在這張方塊七，那是有一對了。

還是由周宣說話，周宣沉吟了一下，努力止住了讓自己推一大筆現金出去的衝動，然後放了兩百萬，說道：「仍然是我大我說話，那就加一百萬，兩百萬吧。」

馬樹也笑了笑，稍稍想了想，然後也推出兩百萬，笑道：「我還是照跟吧，不加注，兩百萬！」

兩人一個笑著下注，一個笑著跟注，馬樹只是跟，也沒多說話，這讓周宣越來越覺得心裏不踏實，只是總想不到馬樹的怪異之處在哪裡。

第一四五章

心靈感應

周宣閉上眼一凝神，

也就在這一瞬間，他似乎發現了些什麼！

牌雖然輸了，但比之前的不安要好得多，因為他發現了馬樹的問題！

當然，這也只是猜測，而且古怪得很難說清！

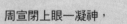

顧園再發第四張牌了，馬樹是一張方塊六，周宣的還是比他大，黑桃K，從明牌面上看，雙方都是散牌，所以依然以發牌的大小來論，還是由周宣發話。

周宣還是沒有探測馬樹的底牌，因爲從牌面上看，馬樹的明牌是二三六，暗牌除非也是二三六其中的一張，這樣可以湊成一對，否則來其他任何一張牌，都是散牌，但就算是一對，他的牌面最大也只有一對六，而周宣是一對七，還是要比他大。

但周宣總是覺得怪怪的，心裏一點都不踏實，但到底是哪裡古怪，卻總是說不上來，想了想，總歸是自己牌面大，就又加注了一百萬，下了三百萬。

馬樹笑了笑，仍然數了三百萬推到中間，兩個人你來我去，雖然大家都明白，最終結果是有一方流血倒下去，但現在表面上還是平淡冷靜的表情。

這時候，顧園發最後一張牌，一人一張，暗牌，這時候是要由馬樹和周宣自己來看底牌了。

周宣沒有看底牌，想運冰氣先測一下時，忽然想到，第一把還是不要做得太驚人！

這樣一想，周宣便拿了五張撲克牌到手中，然後慢慢看了底牌，最後一張牌是紅桃十，這副牌算很小了，就是一對七。

馬樹也是拿起牌看了一下，不過，他看牌的方式跟大部分人不一樣，很多玩家賭客都是抓著牌，一張一張地看露出來的一點點的花色，享受的就是這個過程，而他看牌就是隨手一看，知道是什麼牌面就行了。

這個情況和動作讓周宣有些意外，雖然只是這麼一丁點的小細節，但讓周宣覺得很不對勁。

馬樹這個動作和表情落在周宣眼底，其他人卻都是沒注意這個，他們注意的就只是盯著兩個人，看他們有沒有出千做動作。

周宣看了自己的底牌，運起冰氣測了一下馬樹的底牌，開始馬樹的三張明牌是二三六，剩下兩張明牌，周宣測到一張是方塊五，一張是梅花六，他拿的居然是一個順子！

這把牌，周宣是輸了。

周宣拿著牌沉吟了一會兒，然後放下牌，沉聲道：「兩千萬！」

說完，就低著頭把自己這邊的現金數了一大堆推出去，兩千萬不算少了，當然，在他們的總數上講，這還是微不足道的。

但周宣這一把是詐雞，馬樹的牌是一個小順子，這個牌面也不大，這跟詐金花一樣，小順子的機會是不小，但如果對方下了很大的注碼，那就不同了，一般的普通玩家絕大多數會選擇棄牌，因爲小順子的牌面不大不小，注碼太大的話，就沒必要博，輸了不值得，底注也沒跟下去多少。

周宣下了注後，淡淡然抬頭瞧著馬樹，微微一笑，說道：「馬先生，我牌面不大，就值個兩千萬！」

周宣背後和左右的人都沒瞧見周宣是什麼底牌，但周宣忽然一下子下了兩千萬的大注，心裏都認爲周宣的牌面肯定不小，尤其是顧園、華劍星、曾國玉三個人，他們對周宣的信任更強得多。

就在周宣抬頭望著馬樹的時候，馬樹也抬頭盯著周宣的眼睛，兩人視線對碰的瞬間，周宣忽然覺得馬樹的瞳仁似乎變了顏色。當然，別人也許不覺得，他的眼瞳顏色也只是略微變灰了一丁點，彷彿在這一瞬間，瞳仁的顏色變成跟盲人的那種眼睛相似。

周宣一怔，接著，就覺得腦中似乎被什麼東西鑽進去用鏡子照了個透明似的。當然，這也只是一種感覺，腦子裏不痛不癢的，或許是因爲他擁有冰氣異能的原因吧，讓他比別人敏感得多。

之前，周宣在下兩千萬的注碼時，就覺得馬樹怔了一下，有點遲疑，這個表情就是懷疑周宣的底牌是不是很大的樣子，但就在這視線對碰的一剎那過後，馬樹的表情就輕鬆寫意起來！

笑了笑，馬樹也推了兩千萬進去，說道：

「周先生加注兩千萬，那我也只能跟注開牌了，呵呵，我也就一副二三四五六的小順子，周先生恐怕底牌很大吧，是不是三條啊？」

周宣閉上眼一凝神，也就在這一瞬間，他似乎發現了些什麼！

牌雖然輸了，但比之前的不安要好得多，因爲他發現了馬樹的問題！

當然，這也只是猜測，而且古怪得很難說清！

周宣努力鎮定了一下心神，把牌翻過來放在桌面上，沉聲道：

「我輸了！」

旁邊顧園、華劍星幾個人大吃了一驚，周宣竟然輸了！

在他們心中，一直覺得周宣會贏，前天周宣給他們的震撼實在太大了，那個形象就像是一座他們無法翻越也無法想像的一座大山！

但現在，這座大山似乎一下子就搖晃起來，有崩塌的危險了。顧園和華劍星感覺到有一股危險的味道，臉色都變了，這開門兆頭就不好，迎頭一棒，似乎不妙！

他們兩個可輸不起這十億啊！

但周宣沒有任何表情，只淡淡地對顧園道：

「顧少，再洗牌，發牌！」

這一局總共輸了兩千六百一十萬的現金。

周宣之所以沒轉化吞噬馬樹的牌，是因爲這一局牌面並不好，又有一個原因，因爲是顧園在發牌，要是他轉化吞噬了，馬樹一方要是清查撲克牌的數目，差了的數絕對會推到顧園頭上，就算不推到他頭上，他要說不算數，周宣他們也不好說什麼。

本來讓顧園發牌的好事，倒是變成阻礙周宣出手的障礙了，不過周宣也已經想到了一個點子，行不行得通，那還要後面測試一下才知道。

顧園再次洗牌發牌就沒有前一次那麼自然了。洗牌的時候，幾乎把撲克牌洗落在地，努力平靜著洗了幾遍，然後發牌。

這一次，馬樹的明牌是一張黑桃K，暗牌也是一張K，是紅桃K，周宣的明牌是方塊二，暗牌也是二，梅花二。

牌面是馬樹大，首先就來了一對老K，加上剛剛又贏了周宣，馬樹底氣足得多，想也不想，馬上就推出了一堆鈔票，說道：「一千萬！」

這一千萬可是把馬樹一方的莊之賢和周宣這一邊的顧園，華劍星，曾國玉都嚇得一呆，暗道：不好，這傢伙又要出千了！

顧園、華劍星、曾國玉三個人把眼睛瞪得大大地緊盯著馬樹，防止他做任何手腳。

周宣嘿嘿一笑，也不多想，把面前的鈔票推得更多，淡淡道：

「馬先生一個單K就出一千萬？我可不信後面還能拿到大牌，我跟，加注，五千萬！」

周宣的話把顧園、華劍星幾個人嚇了一跳，臉紅心跳地盯著他，但賭局中可是由周宣說了算的，他們這時候也做不得主，只能膽顫心驚地看著。

周宣難道是輸急了發狂？這個心態可不好，輸的時候可不是講你下的注大，人家就不敢跟了。

顧園顫顫抖抖地又發了第三張牌，偏偏湊巧的是，馬樹得到的又是一張老K，方塊K，而周宣得到了黑桃二，馬樹明牌兩條K，暗牌是三條K了，而周宣明牌則是一對二，暗牌是三個二！

一對K對一對二，還是馬樹說話。

由於前邊周宣猛下了五千萬的注，這時候馬樹如果要跟的話，那就得跟五千萬！

說實話，馬樹有些遲疑，停頓了一下，然後還是把五千萬推了出去，這時，中間桌上的錢就擺了一個億，四四方方，像一座城牆！

「一對K對一對二，我還是得跟吧，要不跟，老天爺都瞧不起我了，呵呵！」馬樹一邊說著，一邊又打著趣。

沒有人棄牌，兩個人都跟注了，顧園就得再發牌。

顧園非常緊張，手都有些出汗，抖抖索索的，周宣這一把輕輕鬆鬆就往外推了五千萬，他當這滿桌子都是紙嗎？

第四張牌發了出來，馬樹的是一張黑桃三，周宣的也不是二了，是一張梅花四，這個花色、這個數字都不好，又楣又死的！

牌面卻還是馬樹的兩條K大過周宣的兩條二，依然是由馬樹發話。

馬樹想了想，也沒加價，就又推了五千萬出去，因爲他不敢加價，底注已經給周宣漲到了五千萬，也就是說不加價不漲注，最低那都得五千萬了，要麼不跟，只要跟就得跟五千萬，不跟就算棄牌了。

輪到周宣了，對面馬樹的牌是三條K加一個黑桃三，而他自己的是三條二加一個梅花四，再測了測顧園手中的底牌，第一張是方塊三，第二張是紅桃二，按照發牌順序，剛好馬樹就是那張方塊三，他自己是紅桃二。

這個牌簡直就是太好了，不用周宣費盡心思，因爲按照這個牌面，周宣是四條二帶梅花四，是四條，而馬樹是三條K加一對三的富爾豪斯，很大的牌面了！

又該顧園發牌了，當把最後一張暗牌發出去後，周宣面無表情地把牌停頓了幾秒鐘，然後一把抓起來，快速地在眼前一晃，接著又蓋在了桌子上。

這個動作很快，似乎就是快速地把底牌看了又放下去，旁邊的人都沒瞧到他的底牌是什麼，然後，周宣卻是把面前所有的現金一指，說道：

「我梭哈了，全部現金！」

顧園手一顫，牌都從手中跌落在桌子上，一邊的華劍星和曾國玉都是面如土色！

周宣不知道有沒有忘了剛剛的刺痛？這一把錢是下得豪爽痛快，可是有把握贏沒？

馬樹和莊之賢都是面色一變，周宣是太衝動還是有大牌？按他們所有人的估計，可能是衝動多一些，上一把周宣最後的一千萬算得上是詐雞，結果又被看透失敗，而現在呢，是不是又詐雞了？

但梭哈十億現金，要詐雞是不是也太猛了些？當真是年輕人啊，嘴上無毛，辦事不牢！

他們兩個害怕擔心，卻沒想過，顧園和華劍星卻是更加地害怕擔心！

第一局就輸了一千六百一十萬，卻又在第二局中就把所有的現金梭哈了，這讓顧園幾個人和馬樹與莊之賢都是同樣的驚詫不已！

不知道周宣是個爛賭徒呢，還是真的賭術高手，但從他的外表年齡以及第一把所顯露出來的形勢看，他與一個高手的形象還是有點不相符合的！

馬樹怔了一下後，馬上瞇著一雙眼盯著周宣。

就在這一刻，周宣又感覺到腦中有那種被人窺視的感覺，而且還很強烈。

馬樹盯著周宣的動作有五秒鐘的時間，然後閉了眼似乎想了一陣，再睜開眼時，臉上露出了微微笑意，說道：

「周先生，你的豪氣很讓人佩服，既然你梭哈了，那我也不能不陪著你，呵呵，我也梭哈，跟了！」

馬樹伸手對著桌面上的現金堆指了指，然後又說道：「周先生，呵呵。很不好意思，我的底牌是三條K的富爾豪斯，你的牌面……呵呵……」

說完，馬樹就把自己的底牌先翻了開來，果然是三條K加一對三的富爾豪斯。

顧園、華劍星、曾國玉都有些緊張了，這種刺激實在是太讓他們受不了！這就跟看一本非常吸引人的小說，或者又跟一部非常好看的電視劇一樣，觀眾只喜歡那中間的過程，而不想一開始就要看到結尾。

周宣這時候反而表情鬆緩了，再也沒有先前那種緊張又不安心的心態，笑了笑，然後把自己的底牌翻了過來，桌邊上所有人都盯著他的牌。

眾人很清楚地見到，四條二帶一個四！

周宣淡淡道：「馬先生，我也很不好意思，我剛剛好大你的富爾豪斯，我的底牌是四條二！」

顧園，華劍星，曾國玉三個人先是一怔，隨即狂喜起來，站起身就手舞足蹈地大叫著：「贏了，贏了，我們贏了！」

而對面馬樹和莊之賢卻是呆若木雞！

呆了片刻，馬樹頓時失態地站起身，激動地叫道：

「不……不可能，你的底牌不可能是四條二，不可能！」

周宣淡淡笑問道：「馬先生，那你說我的底牌應該是什麼？」

「你的底牌應該是一對二和三張散牌……」馬樹順口就說了出來，但馬上又捂住了自己的嘴巴，呼呼喘起粗氣來。

周宣點點頭，嘿嘿一笑，說道：「馬先生，果然是和我想的一樣，你沒看牌，又怎麼知道我的底牌是一對二加三張散牌？嘿嘿，說實話吧，我只是在腦子裏想了一下，我的底牌是一對二和三張散牌，當然我只是想想而已，事實上，我的底牌是四條二，這你也看到了！」

馬樹臉上一陣紅一陣白，然後又發青，而他旁邊的莊之賢也是又呆又怒的樣子！

周宣笑了笑，又說道：「馬先生，不好意思，我可能是科幻劇看多了，老是覺得怪怪的，腦子裏好像有人偷窺一樣，試著這樣一想，卻不想還真矇到你了！」

馬樹咬著牙，喘著氣盯著周宣，好一陣子才又側頭來瞧著莊之賢。

周宣對顧園、華劍星、曾國玉說道：「賭局結束，我們走吧！」

莊之賢一聲獰笑，站起身一揮手，他身後那十幾個黑衣漢子立刻刷刷地從身上掏出手槍來，黑洞洞的槍口對準了周宣這邊的人。

「想走……嘿嘿，可以！」莊之賢陰笑著道：「如果你們要走，沒人攔著，但錢得留下！」

顧園和華劍星都是臉一沉，冷冷道：「你想幹什麼？賴賬還是輸不起？」

莊之賢哼了哼，嘿嘿道：「隨便，你們別忘了，這可是私賭，是違法，是不受法律保護的，你們可明白？再說了，我賴賬又怎麼了？我輸不起又怎麼了？至少我現在在這兒就是強者，在哪裡都是強者說了算的，這點大家都明白吧！」

顧園和華劍星臉色都變了，莊之賢這話說得可不假。這事只能私底下解決，鬧出去是沒用的，他們莊家跟顧，華兩家都是差不多的身分，他們私底下鬧騰的事，傳出去也不是什麼好事。

來之前，顧園他們幾個人也失算了，因爲沒想到馬樹背後的人是莊之賢！

如果是一個不入流的商人那也好說，偏生莊家也不是普通家族，不管怎麼鬧，像他們這些世家公子，吃喝嫖賭，輸再多的錢，家裏人也只會整治他本人，可不會跟騙他們的人鬥個你死我活。

現在是法治社會，殺人是要償命的，他們有再多的錢，公然殺人，那一樣也是遮不住藏不了的。或許他們可以利用金錢在司法上收買法官而改變結果，但那也只能對付遠不如他們勢力的對手。像莊家，顧家，華家，那都是香港最有名的億萬家族，你有錢，對方同樣也有錢，實力相等的對手在司法上一樣也是難纏。

顧園和華劍星變色的時候，曾國玉朝身後的人一擺手，見沒有動靜，怔了怔後轉頭望著身後的人，喝道：

「傻了你們都?幹什麼?」

請續看《淘寶黃金手》卷十　揮金如土

淘寶黃金手 卷九 十億賭局

作者：羅曉
出版者：風雲時代出版股份有限公司
出版所：風雲時代出版股份有限公司
地址：105台北市民生東路五段178號7樓之3
風雲書網：http://www.eastbooks.com.tw
官方部落格：http://eastbooks.pixnet.net/blog
Facebook：http://www.facebook.com/h7560949
信箱：h7560949@ms15.hinet.net
郵撥帳號：12043291
服務專線：(02)27560949
傳真專線：(02)27653799
執行主編：朱墨菲
美術編輯：許惠芳

法律顧問：永然法律事務所 李永然律師
北辰著作權事務所 蕭雄淋律師

版權授權：蔡雷平
初版日期：2013年6月
初版二刷：2013年6月20日
ISBN：978-986-146-967-6

總經銷：成信文化事業股份有限公司
地　址：新北市新店區中正路四維巷二弄2號4樓
電　話：(02)2219-2080

行政院新聞局局版台業字第3595號 營利事業統一編號22759935

定價：280元　特價：199元

國家圖書館出版品預行編目資料

淘寶黃金手／羅曉著. -- 初版-- 臺北市：風雲時代，
2013.06 -- 冊；公分

ISBN 978-986-146-967-6（第9冊；平裝）

857.7　　101024088